辺境貴族の転生忍者は今日もひっそり暮らします。 2

Henkyou kizoku no Tensei ninja

空地大乃
Sorachi Daidai

Illustration リッター

????
常にマグノリアに寄り添う
蜥蜴（とかげ）。
なぜか普通の人間には見えない。
エンコウ
森の大猿……が
小さく変身した姿。
ジンと女の子が大好き。
マグノリア
魔法が得意な不思議少女。
言いたいことを
ズバズバ言うタイプ。
ジン
転生前は最強の忍者だった、
本作の主人公。
前世で習得した忍法を駆使して、
異世界での第二の人生を
気ままに満喫する。

登場人物紹介
CHARACTERS
ゼンラ
実力も人望もある冒険者。
ただし、いつも全裸。
家の中でも、外でも。
ミモザ
剣の道を志す少女。
ジンのことを目の敵にしている。
カグヤ
和服に身を包んだ謎の少女。
前世のジンと関係が……？

第一章　転生忍者、大叔父と会う

俺、ジン・エイガは転生者だ。

前世では日ノ本という国で忍者として活動していた。そしてとある任務中、俺は命を賭して主人である姫様を守り、死んだ――はずだったが、何故か日ノ本とまったく異なる世界に転生することとなった。

こっちの世界で、俺には家族ができた。寡黙な父上と優しい母上に、俺を目の敵にしている兄貴のロイスである。

その兄貴はどうやら今度、魔法大会とやらに出るようだ。兄貴には俺と違って魔法の才能があるんだよな。絶対に大会で優勝してやる、とやる気満々だ。

魔法大会はラブール・エイガ・タラゼド伯爵が治めるタラードの町で行われるのだが、このタラゼド伯爵は俺から見ると大叔父という続柄にあたる。

そして今日、大叔父が我が家にやってくると執事のスワローから聞いた。突然手紙で報せがあったようだ。時期的に考えて、魔法大会と何か関係あるのかもしれない。

俺としては、大叔父とは正直あまり会いたくない。大叔父とは何度か会っていて、俺が生まれた時にも立ち会っていた。勿論(もちろん)、向こうはその時から俺に意識があるなんて知らなかっただろうけど。

大叔父は魔力至上主義者だ。だから魔力が豊富な兄貴は可愛がっているが、魔力がゼロの俺のことはまるっきり毛嫌いしている。

しかし、会いたくないという理由で無視できるような相手ではない。向こうは伯爵。爵位で見れば男爵の父より上なのだから、失礼のないように丁重(ていちょう)に迎えないといけない。

ということで俺と兄貴、母上とスワローは現在、屋敷の外で大叔父の乗る馬車の到着を待っていた。

なお、いつも俺と一緒にいる狼のマガミは、一旦屋敷のメイドに預けてある。こういう場で動物を連れるのは、作法的にあまり好ましくないらしい。

兄貴は俺の隣で、今か今かとウズウズしながら馬車を待っている。兄貴は大叔父に懐(なつ)いているのだ。

しばらく待っていると、大叔父の乗った馬車がやってきて、屋敷の前に停まった。赤い車体に、金で縁取(ふちど)りされた豪奢(ごうしゃ)な馬車だった。

あとでスワローに聞いた話だが、車輪にはスライムという粘液状(ねんえきじょう)の生物を加工した素材が使用され、衝撃を吸収しやすくなっているそうだ。そういった加工された車輪は、庶民ではなかなか手が届かない代物(しろもの)らしい。

そのまま大叔父が降りてくるかと思ったが、まず運転手が降りて馬車の横にやってきた。そして扉を開け、靴を用意する。土足厳禁の馬車ってことか。まったく大したものだね。

続いて馬車から現れ、靴を履いてこちらに歩み寄ってくるのは、がっちり体型の男——大叔父だった。

褐色の肌で、肩幅が広い。角張った顔をしていて、髪は父上よりも赤くて癖が強かった。目つきはギラギラとしており、まるで猛獣のソレだ。

大叔父は背中に着けている赤いマントを靡かせ、しっかりとした足取りで近づいてくる。詰め物入りのダブレットと呼ばれる衣服の内側には、鎖帷子でも着装しているのだろう。俺は耳がいいから、鎖がわずかに擦れる音が聞こえた。

すると、兄貴が大叔父に駆け寄った。

「大叔父様！　お久しぶりでございます」

「おお、ロイスか。ふむ、しばらく見ない間に随分と大きくなったな。顔つきも大人びてきている。それで、どうだ。魔法は扱えるようになったか？」

「は、はい！　まだまだ練習中ではありますが、基本的な魔法なら一通りは。エイガ家の名に恥じないよう、毎日勉強も欠かしておりません！」

「うむ、そうかそうか。お前は生まれた時から魔力が高い。それだけ才能に恵まれているということだ。だが、驕ることなく今後も精進しろよ」

「はい！　ご期待に添えるよう頑張ります！」

やれやれ。

兄貴との話を終え、大叔父が歩みを進める。そして、俺の横を通りがかった。

まぁ、挨拶はしておかないといけないだろう。

「大叔父様、ようこそおいでくださいました――」

「ふん、なんだお前は？　私は貴様など知らんぞ？」

……まったく。そんな態度を取るのはわかってはいたけどさ。

すると、スワローが近づいてきて大叔父に告げる。

「……タラゼド卿。今ご挨拶されたのはジン坊ちゃまでございます」

「ジン？　あぁ、エイガ家始まって以来の落ちこぼれとされた、魔力なしの出来損ないか。はは、まだ生きていたとは大したもんだ」

そう言って大叔父がこちらを見た。

その視線からは、温度がまるで感じられない。俺にまったく興味がない……いや、それどころか忌々(いまいま)しい害虫め、とでも思ってそうな、蔑(さげす)んだ目だった。

差別的な男だ。こいつの顔を見ていると、前世で忍者を「鼠(ねずみ)」と軽蔑(けいべつ)していた大名を思い出す。

父上は俺に対して無関心――最近はそうでもないが――だったけれど、大叔父はもっと酷(ひど)い。すぐにでも俺をエイガ家から排除したいという気持ちが、表情に顕著(けんちょ)に出ていた。

スワローは言葉を続ける。

「タラゼド卿、ジン坊ちゃまも大変成長しております。剣の稽古にも余念がなく、その腕は私も舌を巻くほどです」

「剣術など、エイガ家においてはなんの役にも立たぬ。魔法には期待できないからと、そんな道に縋る他ないとは、かえって哀れだな」

「……旦那様が中でお待ちです。どうぞこちらへ」

「ふん――」

スワローに案内され、大叔父は屋敷の中に入っていった。

スワローはこれ以上、俺と大叔父が一緒にいてはお互い不愉快になるだけと考えたのかもな。確かに実際その通りだ。

勿論俺だって今は貴族の息子だから、できるだけ失礼にはならないよう振る舞うつもりではいる。どうせ二、三日もすればあいつは帰るのだし。

「大叔父様はよくわかっているな」

スワローと大叔父がいなくなったあと、兄貴が得意満面に語りだした。

「お前はどれだけ頑張ったところで、魔力なしの落ちこぼれだ。ここ最近は剣術や猿回しで父様にアピールしているようだが、なんの意味もない。いくら取り入ろうとしても無駄なことだ」

「はは、やだな兄さん。僕はそんなことまったく考えていませんよ。エイガ家の将来を担うのは当然、魔力が高い兄さんなんですから」

俺が取り繕(つくろ)った口調で言うと、兄貴は面白くなさそうな顔をした。

「――お前のそういうところがムカつくんだよ。魔力もないくせに、余裕ぶってるその態度がな！」

指を突きつけ、偉い形相(ぎょうそう)で文句を言ってくる。

そして兄貴は、そのまま屋敷に戻っていった――

【ロイス視点】

大叔父様が我が家にやってきた。

大叔父様の爵位は父様より上の伯爵。貴族の通例として、エイガの家名は中間名とし、後ろに伯爵としての家名であるタラゼドが続く。ゆえに、大叔父様のフルネームはラブール・エイガ・タラゼドとなる。

大叔父様が伯爵位を賜(たまわ)れたのは、魔法士としての才覚は勿論のこと、数多(あまた)の人脈を築き上げたのも大きい。エイガ家は多くの魔法士を輩出(はいしゅつ)してきた家系だが、大叔父様は人脈を活かして数々の魔法士を仲介することで諸侯の信頼を得ていったのだ。

大叔父様によって大きな仕事に就(つ)くこととなった魔法士は多い。また、魔法士の間でも大叔父様に認めていただくことがステータスになるという認識が広まっているのだとか。そういう意味では、将来立派な魔法士を目指す私にとっても大叔父様は大事な相手だ。

大叔父様ならきっとわかってくれるはず。あの卑怯な愚弟と私、どちらがエイガ家にふさわしい人物かを！

私は父様の部屋の前にやってきて、扉をノックした。そして返事を待たず、「失礼します」と一言述べて部屋に入る。

「なんだロイス？　今は叔父上と大事な話をしているのだぞ」

父様が窘めるように言ってきた。しかし、私にとっても大事なことだ。

すると、大叔父様が父様を手で制止する。

「まぁよいではないか。ロイス、今丁度お前の話をしていたところだ。来年の魔法大会に出るつもりでいるようだな？　勿論その分の枠は確保しておこう。活躍を期待しているぞ」

「は、はい！　全身全霊で試合に臨ませていただきます！」

大叔父様が私に期待していると言ってくれた。当然、魔法大会では優勝するつもりだ。大叔父様も私の勝利を信じて疑っていないことだろう。

大叔父様は私の言葉を聞き、満足気に頷く。

「ほう、随分と難しい言葉を知っているじゃないか。魔法だけではなく学もあるとは、これからが楽しみだな。将来は領主になるであろうが、腕のいい魔法士になるならばその前に色々と経験を積む必要がある。今後の成長次第では、この私がしっかり面倒を見てやるからな」

「はい！　ありがたき幸せ！」

やはり大叔父様は見る目がある。まぁ、あんな愚弟よりも私の方が優れているのだから当然か。

「……ロイス、話はそれだけか？　それなら――」

「お待ちください！　実は弟のことで一つ、大叔父様のお耳に入れておきたいことがありまして」

父様が話を打ち切ろうとしてきたので、私は語気を強めに本題に入らせてもらった。

「何？　あの出来損ないがどうかしたのか？」

弟と聞き、大叔父様が眉をひそめる。

大叔父様は私と同じく、この世界は魔法が全てと考えておいでだ。魔法の腕に長けた者こそが人の上に立つ資格があり、魔法を扱えない屑どもを導いてやることが、我々のような人間の使命だと教えてくれたのは大叔父様だ。その大叔父様ならきっとわかってくれる。

父様は、大叔父様の発言に何故か険しい表情を見せている。父様だってあんな愚弟、家にいない方がいいとわかっているくせに。

「はい。実はあの愚弟が町の危機を救ったなどというでたらめな噂が広まっていて――」

「ロイス！　その話は昨日結論が出たばかりであろう！」

「ヒッ！」

父様に怒鳴られ、思わず情けない声が出た。肩も震えた。

父様、どうして？　今までも不機嫌になった時はあったけど、そんな大声を上げるようなことはなかった。

勿論、悪いのが自分だというのなら反省もする。だけど、愚弟の件に関して言えば私は何も悪くなんかない。おかしいのは父様の方だ。あんな奴が、あんな奴が……

「――サザン、どうした？　そのように血相など変えて。別に怒鳴らずともよいであろう。それにその話は私も興味がある」

「いえ叔父上。これは家族の問題です。叔父上に聞かせるようなものではない」

「この私が聞かせろと言っているのだ」

私の目の前で父様と大叔父様のちょっとした言い合いが始まった。私としては、せっかく大叔父様が興味を持ってくれたのだから話を聞いてもらいたい。

「……ロイス、出ていきなさい」

「え？　しかし！」

しかし、父様はそれを許してくれなかった。納得ができず私は声を上げたが……

「いいから出ていくんだ！　私の言うことが聞けないのか！」

「……わかりました」

父様の有無を言わせない調子に、仕方なく部屋をあとにした。

父様は何故あそこまで怒ったのか。まるであいつの肩を持っているようじゃないか……

せっかく大叔父様にでたらめな噂をどうにかする相談ができると思ったのに。

私は自分の部屋に戻ったあとも、悔しくて仕方なかった。

気を紛らわそうとしばらく机に向かって魔法書を読んでいたけれど、まったく頭に入らない。

それからしばらくして、誰かが扉をノックした。続いて、ドア越しに声が聞こえてくる。

「ロイス、私だ。入ってもいいか？」

訪ねてきたのは大叔父様だった。

私は天の声にも等しく感じ、机から離れて急いで扉を開ける。

「大叔父様、どうぞ！」

大叔父様を部屋に招き入れたあと、私はここ最近あった出来事を包み隠さず話した。

そう、あの愚弟が不当に持ち上げられていることも含めて全て――

「クゥ～ンクゥ～ン」
「はは、まったく甘えん坊だなこいつめ！」
「ガウガウ！」
大叔父を迎えたあと、俺は昼食を食べてから中庭でマガミと遊んでいた。

マガミが嬉しそうに体をくっつけてくるのでもふもふしていると、ゴロンと仰向けになり舌を出して甘えた声で鳴く。

大叔父の出迎えもあって午前中は構ってやれなかったからな。それで寂しかったんだろう。

「まったく、可愛いけどあまり甘えん坊だと強い忍狼になれないぞ？」

「ガウガウ！」

俺がなんの気なしに口にすると、マガミが起き上がり表情を引き締めた。う〜ん、もしかして気にしているのかな？

「マガミ、今のは本気じゃないぞ。お前ができる子なのは十分――」

「ガウ！」

次の瞬間、俺は予想だにしない光景を見た。

なんと、マガミが庭の端から端までを一瞬で往復したのだ。うちの中庭は二十メートル四方程度だが、それほどの距離を風のように走り抜けるとは。

「ガウッ」

そしてドヤ顔を見せる。いや、しかしこれは驚いた。

「凄いなマガミ！　お前いつのまにこんな技を？」

「ガウガウ♪」

俺が褒めると尻尾をふりふりさせて機嫌よく吠えた。

なるほど、密かに練習していたのか。

マガミは風属性の魔法を使える。今のは風の力で劇的に移動速度を速めたに違いない。

さっきはああ言ったが、マガミもいよいよ忍狼っぽくなってきたじゃないか。

「偉いぞ。この調子でどんどん頑張ろうな」

「ガウッ！」

得意げに顎を上げるマガミ。その姿も可愛い。よし、ご褒美にたっぷりもふってやろう。

「ガウゥウゥウウ」

「はは、嬉しいかこいつめ」

たっぷり撫で回したあと、俺は真剣な表情をしてマガミに話す。

「ただし、この前使った風断爪の技と同じく、人目のあるところで魔法を使うのは控えるんだぞ？」

「ガウ！」

マガミは勿論！　とでも答えるように真剣な目で吠えた。

下手をすると、悪目立ちしかねないからな。それに、今は見られたら特に厄介なことになりそうな相手も屋敷にいる。

そんなことを思っていたら、面倒なことにその張本人——大叔父が中庭にやってきた。

「まさか銀狼がこの屋敷にいたとはな」

やはりか。気配や足音で近づいてきていることはわかっていたが……

しかし、何故わざわざ？　こいつが俺に話しかけてくる理由なんてないだろうに。

大叔父は高圧的に尋ねてくる。

「その狼、まさか魔獣か？　貴様、そいつはどうした。答えよ」

随分と偉そうだな……まったく。

仕方ないので、俺は大叔父を見て説明した。

「……森で怪我をしているところを助けたら、懐いてくれたのです。魔獣というのかはわかりませんが、父様の許可をいただいて飼っています。今は僕にとっての大事な友達ですよ」

「狼が友達だと？　ふん、馬鹿なことを。だが、貴様などに懐くならば流石に魔獣ではないか。魔力のない貴様に、従魔契約を結べるわけがないからな」

従魔契約？　そんなものがあるのか。

「しかし魔力も備わっていない出来損ないとは、本当に哀れなものだ。狼が唯一の友とはな」

大叔父が蔑むような目を向けてきて言う。遠慮の欠片も感じられない直接的な物言いは、いっそ清々しいな。というか、別にマガミ以外にも友達はいるのだが。

「ガル――――」

「待て、この方は僕の大叔父だ。だから、な？」

「クゥ～ン……」

マガミの表情が険しかったので、そう宥めておく。俺を悪く言っているのが理解できたのだろうが、牙を剥くのはまずい。それに一応は血縁者だ。

「ほう、よく飼いならされているじゃないか。ゴミでも多少は役立つこともあるものだ。ふむ、しかし銀狼とは珍しい……よし、その獣は特別に私が引き取ってやろう。金貨一枚でいいな？」

そう言って大叔父が指で金貨をこちらに弾き飛ばしてきた。

だが俺は、飛んできたそれを受け取らずに指で弾き返す。

大叔父は掌で受け止め、眉間にしわを寄せた。

「なんだ？　生意気にも一枚じゃ不服なのか？」

「何枚でも一緒です。いくらお金を積まれても、大事な友達を売ったりしない」

「……何？」

大叔父が目を細め、俺を見下ろしてきた。何も答えないでいると、中庭に沈黙が訪れる。

「――用がそれだけなら、僕はもう行きますね。マガミ」

「ガウ……」

先に沈黙を破ったのは俺だった。こんな奴と話を続けていても仕方ない。マガミも大叔父の態度をよくは思ってなさそうだ。

さっさとその場を離れようと、マガミを連れて踵を返す。

「待て、まだ話は終わっていないぞ」

「何度言われてもマガミと別れるつもりはありませんよ」

大叔父が引き止めてきたが、構わず歩く。こればかりは何を言われても譲る気はない。

「ふん、そっちの狼はとりあえずいい。それよりも貴様、妙な猿を手懐けた程度で随分と調子に乗っているそうだな？」

俺はその言葉を聞いて、足を止めて振り返る。

妙な猿？　エンコウのことか……どこで聞きつけたか知らないが、よく知っていたな。

「先日、エガの町の近くの森にゴブリンが大量出現したそうだな。その騒ぎはどうやらお前が解決したことになっているらしいが……まったく、この領地には馬鹿しかいないのか？　魔力のない出来損ないの殺潰しに、そんな真似ができるわけないだろう」

大叔父は俺を指差し疑心に満ちた目を向けてきた。

隣のマガミは目つきを鋭くさせているものの、唸るのはこらえている。俺の言いつけを守っているのだ。そうでなければ、とっくに飛びかかっていただろう。

「そのことなら、あなたの言う通りですよ。ゴブリン事件を解決したのは森で暮らしていた猿たちです。猿たちが僕に懐いてくれていたのは本当ですが、僕がやったことではない」

実際のところは俺がゴブリンロードを倒して騒ぎを治めたというのが事実なんだが、父上には大猿のエンコウのおかげだと伝えてある。当然、こいつにも真実を伝えるわけにはいかない。

しかし、この男はわざわざそんなことを確認しに来たのか？　顔つきを見ていると、それだけではない気もする。

するると、大叔父はこんなことを言いだした。

「なんだ、わかっているじゃないか。なら話は早い。すぐにでも町に行き、自分が嘘を吹聴したと白状し、その全てが本当は兄のロイスの功績だったと伝えるがいい。くだらない嫉妬で、ついでたらめを言ってしまったとな」

は？　こいつ、わけのわからないことを……

「仰っている意味がわかりません。それに町で知られていることは父様から周知されたのです。僕がどうこうできる話ではない」

いささか呆れてしまったが、とにかく俺はそう言った。

だが大叔父はそれを鼻で笑う。

「ロイスから聞いたが、貴様は随分と町の人間に慕われているそうじゃないか。貴様は一族の恥晒しだが、そういうことであるなら貴様の話に愚民も耳を貸すことだろう」

「……そんなことをしても兄にいいことはないかと思われますが。兄はゴブリン事件を解決していないのですから、そのこと自体が嘘になる」

ゴブリンロードは俺からすれば大したことのない相手だが、兄貴がどうこうできる魔物ではない。鼻息一つで木っ端微塵にされてもおかしくないレベルだ。仮に俺が町の人々に言ったとしても、すぐにメッキが剥がれてろくなことにならないだろう。

「だからなんだ？　たとえ事実でなくてもロイスの功績にすれば、ロイスのブランド……つまり魔法士としての価値が上がる」

「価値だって？」

つい素の口調で聞いてしまったが、大叔父は特に気にすることなく話を続ける。

「そうだ。たとえばここに、まったく同じ素材・質の剣が二本あったとする。だが、一本は誰が打ったかもわからないような無銘（むめい）の剣。もう一本は名高い鍛冶（かじ）師の銘が刻まれた剣だ。これらの価値は同じだと思うか？」

「……見るべき人が見れば同じだと思いますが」

「ふん、可愛げのない答えだ。実際はそうだが、多くの人間にとっては違う。名高い鍛冶師の銘が入った剣の方をありがたがるのだ。もっと言うと、銘さえ刻まれていれば質が悪くても高値がつく。これがブランドの力だ。どこの馬の骨ともわからないような無名の鍛冶師が打った剣など、いくら質がよくても誰も見向きはしない。世の中とはそういうものだ」

随分と得意げに話すが、俺としてはどうでもいい話だ。

「それが今回のことと、どういう関係が？」

「ここまで言ってわからぬとは、やはり落ちこぼれは頭の出来も残念なようだな。ここでいう剣とはロイスのことだ。ロイスには将来のため、幼くしてゴブリン事件を解決したという銘――つまりブランドが必要なのだよ。生まれた時から魔力がないゴミのごとき貴様にではなく、な」

俺に指を突きつけながらそんなことを言った。

まったくろくでもない男だ。こんなのと血の繋がりがあると思うと、うんざりする。

(マガミ、こらえろよ)

「……ウゥ」

唇をなるべく動かさず、マガミにそう伝えた。

マガミは賢い狼だから、大叔父が俺に向けて吐き出している言葉の意味をある程度理解している。今はなんとか耐えているが、眼光は鋭い。敵意を隠し切るのはなかなか難しそうだ。

「いいか？　お前があげた功績など、せいぜい狭苦しい町の下民をほんの少し喜ばせる程度のものでしかない。だが、これがロイスの功績となればどうなるか？　たちまち噂はこの町だけでは留まらなくなる。流石はエイガ家の血統だと、周辺の地にも知れ渡る。王都にだって届くかもしれない。勿論それは私が協力してこそだと思うが、とにかくそこから生み出される利益を考えれば、貴様の功績にしておく意味などまるでないことに気がつくだろう」

つまりこいつは、兄貴を利用して自分の名も上げたいのだろう。自分の協力が必要だと言っているし、実にわかりやすい。

兄貴は随分と大叔父を慕っているが、こいつ自身は兄貴を親族としてではなく、駒としてしか見ていない気がする。

「さぁ、わかったら私の言う通りに動くがいい」

「お断りさせていただきます。どちらにせよ、僕の判断だけでどうこうできる話じゃない」

「お前の判断ではない、私の判断だ。勘違いするなよ、落ちこぼれの出来損ないが。所詮貴様などお情けで生かされているに過ぎないことを忘れるな」

上から目線で偉そうに語る奴だ。正直相手するのも面倒だな。

俺としては別に功績なんかに興味はないのでなかったことにされてもいいが、かと言ってこいつの思い通りになるのは癪である。

「……少々言葉が過ぎるのではありませんか？　タラゼド卿」

大叔父の話に辟易としていると、スワローが中庭にやってきた。その目つきはどことなく険しい。

「何？　……スワローか。言葉が過ぎるとは、この私に対して言っているのか？　お前は一体どの立場からそのような物言いをしている？」

スワローに顔を向け、大叔父が厳しい口調で言う。

「……出すぎた真似をして申し訳ありません。お二人の会話が耳に届いたもので」

「ふん、盗み聞きとは随分と躾の行き届いた執事もいたものだな」

大叔父がそんな皮肉を口にしたが、スワローは凛とした佇まいで言葉を続ける。

「あれだけの大声ならば、ある程度離れていても聞こえてきます。最初から聞いていたわけではありませんが、わずかな内容だけでも大体のことはわかりましたので」

「……ふん。それで、話が聞こえたからなんだというのだ？」

「ジン坊ちゃまのことです。私はロイス坊ちゃまもジン坊ちゃまも幼少の頃より等しく見てきて、兄弟それぞれが違った才能を持ち合わせていると考えております。ロイス坊ちゃまの魔法の才は、確かに非凡なものを感じます。しかし、ジン坊ちゃまも人より優れた才能を持っております」

「このゴミに才能だと？　貴様は見る目がないな」

大叔父は視線を俺に移し、小馬鹿にしたように鼻で笑った。

「――タラゼド卿、ジン坊ちゃまには類稀なる剣の才能がございます。元騎士の私から見て、それは間違いありません。その上大変な努力家でもあります。才能に溺れる者は数多くいれど、努力を積み重ねられる者は希少です。それは一つの価値と言えませんか？」

スワローはそういう風に俺のことを思っていてくれたのか。

俺がこの世界の剣術を練習しているのは単純に興味があったからだけれど、純粋に嬉しい。

「ふん、そんなお遊戯になど、なんの価値もない。この世界で最も信頼されるのは魔法であり、魔法士の力だ。貴様は魔法の才がなく剣一本で成り上がってきたようだからこいつを庇いたくなるのだろうが、忘れるなよ。騎士が活躍できているのも魔法士がいてこそだ」

大叔父はどうしても俺を下に見たいようだな。

スワローは大叔父をしっかりと見据え、凛とした声で言い放つ。

「……どちらがよくてどちらが悪いなど、私ごときが言うことではありません。ですが魔法士と騎士、そのどちらが欠けても駄目なのだと愚考しております」

「……ふん。だが騎士を辞めた貴様は結局、男爵家の執事などという小さな身分に収まっているだけではないか。魔法の才があれば、もっと素晴らしい道を歩めたとは思わぬか？」

「私は十分に満足しております」

「満足か。そうは思えんがな。どうだ？　貴様もいい加減、女としての幸せを考えてみるといい。お前ほどの器量ならば気に入る貴族も多かろう。私が面倒を見てやるぞ？」

「丁重にお断りさせていただきます。私は執事の仕事に誇りを持っておりますので」

「誇りだと？　女の分際で生意気な。貴様は女らしく尻でも振って男に媚びていれば——ッ!?」

その時、大叔父がギョッとした顔で俺の方を振り向いた。

スワローに対する暴言が酷かったのでつい殺気を向けてしまった。案外ばれないかとも思ったが、どうやらそこまで鈍くなかったか——

すると、マガミが大叔父を睨んで唸り声を上げる。

「グルルルルウゥウゥウウウウ！」

「……狼か。ふん、何が大人しいだ。そこらの野犬と変わらぬ顔をしているではないか。そんなものを放っておくな。鎖にでも繋いでおけ！」

大叔父が怒鳴り散らす。殺気をマガミのものと判断したか。

それにしても、さっきまで引き取る気でいたくせに、少しでも敵意が向けば掌返しとは。器が知れるというものだ。

俺は頭を下げて、大叔父に告げる。

「申し訳ありません、大叔父様。マガミは普段は大人しく、唸り声を上げたりしないのですが、どうやら大叔父様にだけは別なようです」

「なんだと？」

大叔父の眉間に深いしわが刻まれた。俺の皮肉が効いたようだ。

その時、一人のメイドが中庭にやってきて、顔を強張らせながら大叔父に言う。

「あ、あの、タラゼド卿。だ、旦那様より部屋まで来ていただきたいと言伝を受けたのですが……」

声が震えている。俺たちの剣呑な空気を感じ取ったのだろうか……悪いことをしたかな。

「……わかった。ジン、貴様のことはしっかりあいつと話させてもらうからな」

そう言い残し、大叔父は俺たちの前から立ち去った。

よかった、これ以上あいつと話していたら、俺も抑え切れていたかわからない。

「……ジン坊ちゃま、申し訳ありませんでした。差し出がましい真似を」

大叔父の姿が見えなくなったあと、スワローが頭を下げてきた。彼女に非はないのだから謝罪など不要だろう。

「謝る必要はないさ。スワローは僕を思って言ってくれたんだ。むしろ、こちらこそありがとう」

そう伝えるとスワローがニコリと微笑んだ。

「……そう言っていただけると、嬉しく思います」

「スワローは、うちにとってかけがえのない存在だよ。スワローほどの執事は他にいない。あんな奴の言うことなんて気にする必要ないさ」

俺は本心を伝えた。大叔父なんかの言葉を気にするのは、馬鹿らしいことだ。

「まぁ、あんな奴だなんて。タラゼド卿に聞かれでもしたら、またご面倒なことになりますよ」

「はは、違いないね。ならこれは二人だけの秘密で」

俺は口の前で人差し指を立ててみせた。

「ふふっ、そうですね」

スワローも口元に人差し指を添え、おかしそうに笑う。

そこにマガミの鳴き声が加わった。

「ガウガウ！」

「あ、そうですね。二人ではありませんでした」

「ガウ！」

マガミが同意するように吠えると、スワローは改めていい笑顔を見せてくれた。

マガミはスワローと俺の周りを駆け回っている。可愛い奴め。

しかし、マガミといえば大叔父は気になることを言っていたな……

「そういえばスワロー。大叔父様がマガミを魔獣と思ったらしくて、従魔契約がどうとか言っていたんだけど……何か知ってる？」

「はい。従魔契約というのは、儀式（ぎしき）を通して魔物や魔獣と契約を結び、主従関係を築くことをいいます。魔物や魔獣と契約した者は、魔物使いや魔獣使いと呼ばれますね」

そうなんだ。しかし流石、スワローは物知りだな。

「契約を結ぶと何かいいことがあるの？」

「従魔は主の命令を聞くようになりますから、強力な魔物や魔獣を従魔にすればそれだけでもかなりの利点ですね。さらに、従魔が特殊な力を持つ種の場合、主は従魔の力を使用できるようになります。たとえば火の属性を持つ存在を従魔にすると、契約前には使えなかった火属性の魔法が使えるようになるんです」

なるほどね。忍法・口寄せに近いけど、相手の力を主が使えるという点が異なるか。

「従魔契約というのはやっぱり難しいのかな？」

「難易度は高いですね。従魔として契約を結ぶには、まず対象に自分の力を認めさせる必要がありますから。また、契約のための儀式にはかなりの魔力を消費します」

「あぁ、それなら僕には無理だね」

「そうですね……魔力という点では難しいかと。ただ――」

そこまで口にし、スワローは若干の迷いのある表情を見せた。

「どうしたの？」

「いえ、その……魔獣や魔物と心を通わせることで、儀式をせずとも従魔契約を結べた者がいたという逸話が残っているのです。そのため魔力がなくても契約が結べる可能性もないとは言えませんが、信憑性に欠ける夢物語のようなものなので」

なるほど。スワローとしては、俺をがっかりさせたくないと思ってそんなことを教えてくれたのかもしれない。とはいえ、余計な希望を持たせてもよくないとも考えてためらったのだろう。

「ありがとうスワロー。凄く参考になったよ」

「そう言っていただけると嬉しいですが……ただ、ジン坊ちゃまはとても動物に懐かれる体質のようです。坊ちゃまであれば、マガミやエンコウを従魔にできても不思議ではないと私は思います」

「はは、ありがとうねスワロー」

「ガウガウ！」

俺はマガミをもふもふしながらお礼を言った。マガミは嬉しそうに尻尾をパタパタさせている。

しかし、従魔契約か――何かの役には立つかもしれないから心に留めておくとするかな。

【サザン・エイガ視点】

私はサザン・エイガ。エイガ家の現当主である。

午前中に我が家へやってきた叔父のタラゼド卿には、エイガ家の治めるエガの町で開く、魔法大会の事前試合についての話を聞いてもらうつもりだった。この事前試合で優勝を収めた者は、タラードの町で行われる大会の予選に出ることができる。

一方、貴族であれば事前試合に出る必要はなく、身分が高ければ予選も免除される。

ロイスは叔父に目をかけられているため、予選は免除されるのだろう。だが私は、ロイスのためにも予選からの参加にさせた方が望ましいと思っている。そのことを話すためメイドに叔父を呼びに行かせたが、正直に言って不安だ。叔父は予選から参加させることを恥と思う人間である。

私の考えを話したらどう受け止められるか——そんなことを思いつつ待っていると、叔父が部屋にやってきた。メイドから話を聞いたのだろう。

だが、叔父の顔を見て私は不安を覚えた。妙に機嫌の悪そうな顔をしている。

「叔父上、いかがなさいましたか？」

「どの口がそれを言うのか。まったくお前は、執事とあの出来損ないにどんな躾をしているんだ？」

急にそんなことを言われても困るが、とにかく返答する。

「スワローはよくやってくれています。出来損ないとは……まさかジンのことでしょうか？　ジンに関しては、人様に迷惑をかけるような真似はさせていないつもりですが」

「ふん。貴様がそんなことだからつけあがるのだ。まぁいい。まずは私から話がある。今すぐあのろくでなしの功績を撤回しろ。そしてゴブリン事件を解決したのはロイスだったと喧伝（けんでん）するのだ」

「……仰っている意味が少々わかりかねます」

「やれやれ。貴様までそんなことを抜かすか？　まさか貴様、あの屑に肩入れしているわけではあるまいな？」

「そもそも、屑と言われるような者は我が家にはおりません」

「何？」

叔父がギロリと睨みを利(き)かせてきた。

確かにジンの魔力はゼロだ。魔法が全てであるエイガ家においては、落ちこぼれと呼ばれても仕方なくもある。

だが、それでも屑呼ばわりを許すわけにはいかない。相手がたとえ叔父であっても――

「魔力のない者を屑と呼んで何が悪い？　あんなエイガ家の恥晒しの名など、呼ぶだけで気持ちが悪くなる。口が腐るというものだ。とにかく、あんなゴミのおかげだなどという噂が立っても、百害あって一利なしだ。とっとと取り消してロイスの功績にしろ」

「……あれがジンのやったことではないとは、本人も言っています。しかし、ゴブリンロードを退治した大猿がジンに懐いていたのは事実。そのことは町でも知られており、結果的にジンの力と見ている人間がいるという話なのですよ。それを今更取り消すというのは無茶な話かと」

「……ゴブリンロード？　それに大猿だと？　なんだそれは、聞いてないぞ」

叔父が怪訝(けげん)そうに眉を寄せた。

聞いてない、か。そもそも私はこの件について話していないが、一体誰から聞いたのか。

私はゴブリン事件のあらましを叔父に話した。

「……つまり、大猿がゴブリンロードを倒し、結果的に騒ぎが沈静化したということか。それで、その大猿はなんだ？　まさか魔獣か？」

「――それは定かではありません」

「は？　何を呑気なことを。早急に調べ上げ、魔獣であればとっとと捕らえるべきだろう！」

「今もお話ししましたが、大猿のエンコウは非常にジンに懐いており、他の猿も現在は人々の助けになっております。捕まえる理由がありません」

「そんな悠長なことを言って、もし何かあったらどう責任を取るつもりだ！」

「その時は領主としての務めを果たします。とにかく、これはエイガ男爵領内の問題ですので」

そこははっきりと言わせてもらった。いくら叔父が伯爵と言えど、他家の領地についてとやかく指図する資格はない。

「……生意気な口を叩きおって。とにかく、どんな手を使ってもいい。ゴブリンロードを倒したのはロイスということにしろ。その方が外聞がいいし、ロイスが魔法大会でいい成績を残して魔法学園に入ったあと、ゴブリンロードを倒したという名声があれば何かと有利になるしな」

「……お言葉を返すようですが、そのような真似をしてもロイスのためになるとは思えません」

「ロイスのため？　お前は馬鹿か？　ロイスではなく、エイガ家のためになるのだ」

「それならなおさらです。ロイスには確かに才能があります。しかし、まだまだ未熟でゴブリンロードを倒せるほどの腕はなく、功績に見合った器にもなっていない。むしろそのような名声は、ロイスにとって悪影響になります」

「ふん、だからなんだ？　器なんてものは私の方でどうとでも偽装できる。今は力が足りなくてもそれなりに体裁（ていさい）を整えれば十分だ。あとはこっちでなんとかしよう」

――叔父は、確かにエイガ家の繁栄に一役買ってくれた人ではある。だが、そのやり方を私はあまり好ましく思っていなかった。その考えは今、彼の話を聞いて確かなものになっている。

「……とにかく、その話はお断りいたします。それとロイスの件ですが、今も言ったようにまだまだあの子は未熟。ゆえに大会についても予選からの参加とさせていただきたく思います。私が叔父上をお呼びしたのはそのことをお伝えするためでしたので」

「何？」

叔父の威圧が高まった。私を見る目に力がこもっている。

「この私の話を勝手に打ち切って自分の用件だけを一方的に伝えるとは、あの泣き虫のお前が随分と偉くなったものだな」

「くっ！」

空気がビリビリとざわめきだし、部屋の家具が震えた。

これは威圧に魔力を込めた、魔圧――

「そういえば、お前もエイガ家の中では決して出来がよくなかったな。だからお前は男爵止まりだった」

叔父は魔圧をまとわせたまま、話を続ける。

「エイガの家名しか持たぬものには二種類いる。一つは王宮や有力貴族に仕(つか)える魔法士となった優秀な人間。もう一つはエイガ家の始まりの地であるこの男爵領に居残り続ける弱者。先祖代々の土地を守り続けると言えば格好はつくが、要は外に出ることもできなかった脆弱(ぜいじゃく)な魔法士の流刑地(るけいち)みたいなものだろう、ここは？」

「そのような考えをお持ちなのは、あなただけです。私は領地を守る責務に誇りを持っている！」

「ほう、一丁前な口を聞くようになったじゃないか。それで、今のお前の魔力はいくつだ？」

「……五百」

「五百か！　それは大したもんだ。生まれた時は五十だったか？　平民からすればそれなりに高いが、エイガ家では及第点とはとても言えないものだった。ロイスは誕生時点で百五十だったな。お前みたいのから生まれたにしてはいい出来だ」

叔父はニヤリと笑った。

「なぁに、五百は本当に大したもんさ。私の持つ魔力の一割程度もあるのだからな」

「…………」

魔圧が高まり、私は返す言葉を失う。

すると、叔父の背中から鋼鉄の腕が伸び、私の頭に鉄の掌が置かれた。

『鉄血の魔導師』――その力は未だ健在ということか……

だが、ここまであからさまに恫喝めいた行為に訴えてくるとは……

「さて、お前にもう一度だけ聞いてやる。ゴブリンの件は、ロイスの功績にしろ。わかったな？」

私は断ろうとしたが、言葉が出てこなかった。

圧倒的な魔力の差は、こうまで人の気持ちを折るものなのか？　あまりに自分が不甲斐ない――

「恐れ入ります。失礼してよろしいでしょうか？」

「……スワローか？」

だがそこに、扉をノックする音と私が信頼を置く執事の声。

「駄目だ。今は私がこいつと話をしている」

叔父がそう扉の向こうに返事したが――

「だからこそです。タラゼド卿にも関係することゆえ、どうか入室を許可いただけませんか？」

返ってきたスワローの声に、叔父は怪訝な顔を見せながらも頷いた。

それを見て、私は言う。

「許可する。入りなさい」

「失礼します」

スワローが入ってくると、叔父の視線が私から彼女に移った。

「それで、なんの話だ？」

叔父の主導で話が振られた。

スワローは一旦瞑目する。叔父の背中からは腕が伸びたままだ。それにもかかわらず、まったく動揺を見せない。大した胆力だ。大の男ですら、この魔法と魔圧には恐れ戦くというのに。

スワローは目を開き、叔父に視線を合わせ語りだした。

「タラゼド卿はどうやら、ゴブリンロードを倒したことをロイス坊ちゃまの功績としたいようですが、それはやめた方がよろしいのではとご忠告に上がりました」

すると、叔父は不機嫌そうに顔をしかめる。

「またそれか。貴様といいサザンといい、揃いも揃ってそんなにもあの出来損ないの肩を持ちたいのか？　それに一体なんの意味がある」

「私は出来損ないなどと思いませんが、それは一旦置いておくとしましょう。問題は、ロイス坊ちゃまにはそれだけの力がないということです」

「そんなのはここにいるサザンからも聞いた。だがそれがどうした？　そんなもの――」

「兵が見ております」

「何？　兵だと？」

叔父の表情に変化が見られた。訝しげに目を細めている。

「ロイス坊ちゃまはゴブリン討伐作戦において、補助の役割を与えられて同行しておりました。そのため、当家の兵たちもロイス坊ちゃまの戦いぶりを見ております。ゆえに、ゴブリンロードを倒せるだけの実力が備わっていないことは、兵たちがよくわかっています」

「……チッ。ロイスめ、そのことも黙っていたか。だが、そんなものは兵に口止めでもなんでもしておけばいいことだろう」

「それは正直難しいかと」

「何故だ！」

「ロイス坊ちゃまは作戦においてミスを犯しており、兵からの心証があまりよくありません。そんな中でロイス坊ちゃまがゴブリンロードを倒したという話がまかり通ってしまえば、兵たちの間に不満が募り余計な反発を生みます。エイガ家にとってもロイス坊ちゃまにとっても、よい影響を与えられるとはとても思えません」

「……」

　叔父が顎に手を添え、黙考している。

「どうやらタラゼド卿はロイス坊ちゃまからお話を聞かれたご様子。しかし、そこまでタラゼド卿に伝えていなかったようですね」

「……あいつめ」

「ですが、どうかご容赦を。ロイス坊ちゃまはタラゼド卿を慕っておいでですし、褒められたいと考えられたのでしょう。才能があるとはいえ、まだまだ子どもですから」

「……しかし、このままではあの才能の欠片もない弟がやったことのように思われるだろう」

「確かにジン坊ちゃまを讃(たた)える声もありますが、しかし多くの民はゴブリンロードを倒したのは大猿だと認識しております。ジン坊ちゃまは領民から慕われている一方、魔力がないことを誰もが知っていますから、噂が広く知れ渡ることはないでしょう」

「…………」

「一方、ロイス坊ちゃまはゴブリンの件でミスしたものの、致命的なものではございません。先日の汚名は、次の魔法大会で活躍することで返上されるでしょう。身の丈に合わない手柄を急いで授けるよりも、来たる時を待ち、ふさわしい場で名声を上げた方が効果的かと思われます」

「……それがお前が言いたかった意見か？」

「はい。左様でございます」

「そうか。なるほど……ふはは、はははははッ――フンッ！」

――ドゴォオオオオオオン！

「か、壁が……」

叔父の背中から伸びた鉄の腕が、スワローのすぐ横を通り過ぎ、部屋の壁を破壊した。くっ、誰が直すと思っているのか！

だが、スワローは表情をまったく変えなかった。それを見て、叔父が言う。

「眉一つ動かさんか――」

「伯爵ともあろう方が、短気を起こすとも思えませんので」

「小生意気な女だが……こんな小さな領地の執事にしておくには惜しいな。私の下へ来い。可愛がってやるぞ」

「丁重にお断り申し上げます」

「……フン。気に食わんが、まぁいい。この壁に免じて、今回のところは大目に見てやろう」

「それでは困ります。壁は直していただかないと」

その場は丸く収まるかと思ったが、スワローは豪胆なことに、きっぱりと修理を求めた。

「……この私にそこまで言えるとはな。あぁわかった。修繕費程度、いくらでも請求するがいい」

その時、私の頭に一つの考えがよぎった。

「叔父上、壁のついでに一つ頼みがあります」

「何？　……申してみよ」

「ジンを武術大会に出したいと考えています。許可をいただけますか」

タラードの町では魔法大会と同時に、武術大会も開催される。武術大会で優秀な成績を残せば、騎士学園に入学することができるのだ。

「武術大会だと？」

叔父が私を振り向いた。厳しい目をして睨んできている。

「貴様、本当に愚か者になったのではあるまいな。私が出来損ないのために何かすると思うか？」

「……確かにジンには魔力がない。魔法の才能は絶望的と見ていいでしょう」

「貴様の息子だからではないのか？」

叔父が蔑みの目を向け言ってきた。

私はエイガ家においては出来がいいとは言えなかった。叔父は暗に私のせいでジンは落ちこぼれたのだと言っているのだろう。実際、その通りではないかと考えたこともある。

だからこそ、私はロイスと同じくらいジンの将来のことを考えている。

私は怯まず言葉を続ける。

「ですが、剣の腕はスワローが認めるほど。大会で活躍する姿を見れば、少しは叔父上の考えも変わると思うのです……どうか」

「――まぁいい。貴様のこれまでの功績を考えれば、一度くらいワガママを聞いてやってもいいだろう。だが、特別扱いはしないぞ。予選からなら認めてやる。そして、そこまで言っておいてあやつが大会で成果をあげられなければ、どうなるかわかっているな？」

「…………」

「ふん、沈黙か。それは了承と受け取るぞ。それと、出場を認める代わりにロイスは予定通り本戦から出場させてもらう。エイガ家の期待の星が、予選に出るなど恥だからな」

そして、叔父は部屋から出ていった。相変わらず、いや前よりもさらに傲慢になっている――

「ふぅ、スワロー、壁の修理を行う職人の手配を頼む」

「はい。急ぐようにします」

「あぁ、それと報酬に糸目はつけなくていい。それくらいさせてもらわないとな」

「ふふっ、わかりました。町一番の職人を雇いましょう」

私は壁に空いた大穴を見て、ため息を吐いた。

今回はスワローのおかげで助かった。優秀な執事を持てたことに感謝しなければな――

「なんだ貴様は。何しに来た？」

「……別に、ただもの凄い音が聞こえたので」

屋敷の中から強力な圧を感じたと思ったら大きな音がしたので、何があったのかと気配を追うと、父上の部屋から出てくる大叔父と出くわしてしまった。その顔には相変わらず、俺に対する嫌悪感が見て取れる。

「何かあったのですか？」

「……何もない。壁が壊れただけだ」

「壁が？」

「貴様には関係ない。ふん、しかし忌々しいガキだ」

そう言い捨て、大叔父が俺の横を通り過ぎた。

俺にはわかっていた。先ほどの圧を発したのは間違いなくあの男だ。

大叔父は間違いなく嫌な奴だが、そんな奴に限って――

「それなりの実力者なんだよな。まったく、世の中ままならないものだ」

父上の魔法を見たことはあるが、正直そこまでには思えなかった。

だが、あいつの力は父上より確実に上だろう。口だけの男ではないということか。

兄貴を見ていてもぴんとは来なかったんだけど、魔法もなかなかのものかもしれない。

「あ、坊ちゃま……」

「スワロー」

続いて、父上の部屋からスワローが出てきた。彼女も中にいたのか。

気になって近づいた時……

「あ……」

「ちょ！　大丈夫？」

スワローがふらつきバランスを崩したので、咄嗟に支えてあげた。

身長差の関係で、俺の顔にスワローの胸が当たって――いや、これは不可抗力だ！

スワローが姿勢を戻し、笑みを浮かべて言う。

「ジン坊ちゃま、申し訳ありません」

「い、いや、僕のことはいいよ。それより大丈夫？」

「はい。もう、大丈夫です。少し疲れが出たようで……」

疲れか……もしかしたら、俺がさっき感じた圧と関係しているのかもしれない。

すると、俺についてきていたマガミが心配そうに吠える。

「ガウガウ！」

「うん、マガミもありがとう」

スワローが頭を撫でたら、舌を出して気持ちよさそうにしていた。

「ところで坊ちゃま。武術大会の件、旦那様が出場の許可をタラゼド卿からいただきましたよ」

「へぇ……」

あいつが俺の出場を認めたのは意外だ。

大会に出ることにはあまり気乗りしないんだがな。正直、騎士の道に興味はないし。

「武術大会に優勝しないと、騎士学園に入学できないんだったっけ？」

「――優勝だけとも限りません。ある程度は大会での戦い方も考慮されますし、決勝まで残れば優勝できなくても道は開けます」

「そう……」

スワローは俺の質問の真意には触れてこなかった。もしかしたら俺が何を気にしていたか察しているのかもしれない。

そう、俺は騎士を目指している友人のデックのことが気になっていた。

平民のデックはまず事前試合で勝ち残らないといけないが、これはおそらく問題ない。

そうなるとあとは本番の大会だが――俺が出たら、デックが敗退するリスクが増えるんだよな。

あいつの性格的に、俺が手加減することなんて望まないだろうし……

ただ、スワローの言う通り優勝者以外にも入学の可能性があるということなら――ふぅ、仕方ない。とりあえず出るだけ出るとするか。

「わかった。考えておくよ」

「……左様ですか」

「ん？　どうしたのかな？」

若干スワローの返事に違和感を覚えた。

「いえ、勿論ジン坊ちゃまならいい結果を残せると信じております。ただ、武術大会でよかったのかなと」

「……？　僕は魔法が使えないし、大会に出るなら武術大会しか選択肢がないと思うんだけど」

「え、えぇ。確かにそうですね。私も何を言っているのか。お忘れください」

「別にいいけど、本当に大丈夫？」

「はい。ご心配いただきありがとうございます。それでは仕事に戻りますね」

そしてスワローは執事の仕事に戻っていった。

しかし、大会か……兄貴は魔法大会の方に出るんだろうな。まぁ俺にはどうでもいい話だけど。

「だから無理だって」

「ウホッ！　ウホッ！」

月日が流れ、いよいよ大会参加のために領地を出る日が近づいてきた。だからしばらく山に来られないとエンコウに伝えたんだけど、どうしても一緒に行きたいとワガママを言ってきた。

エンコウ曰く、子分としてご主人様のお側にいるべきだ、とのこと。でもそれは建前で、山の外に出てみたいという気持ちも強いのかもしれない。

「だけどなぁ。エンコウの体格だと、一緒にというのは厳しいんだよ。だからわかってくれ」

「ウホッ！」

俺が諭すと、エンコウがドヤ顔を見せ胸をドンッと叩いた。何か手があるみたいな素振りだ。

「ウホウホウホウホッ！」

そしてエンコウは自分の胸を両手で交互に叩き始めた。

直後、エンコウの体が縮んでいく……って、え？　ちょ、ちょっと待て！

驚いたことに、エンコウはどんどん小さくなっていった。そして——

「……ウキッ？」

「えぇえええぇえええぇえええぇえ⁉」

思わず声を上げてしまった。いやだって、エンコウの奴、まさかこんなことができるなんて……

「お前、まるで子猿じゃないか……」

「ウキキィ！」

すっかり小さく変身したエンコウが元気よく鳴き、地面を蹴って俺の肩に飛び移ってきた。

流石にこれだけ小さいと軽いな。肩に乗られてもまったく負担にならない。

「ウキィウキィ♪」

エンコウが、今度は俺の頬にすり寄ってきた。これは、か、可愛い。

「それにしても凄いな。いつの間にこんな技を身につけたんだ？

「ウキキィ！」

エンコウが得意がり、指をピンッと立てた。

するとと近くに落ちていた石が浮き上がり、正面の木に飛んでいって命中する。

「おお！　凄いなエンコウ！」

「ウキキィ」

えっへんとエンコウが胸を張った。

マガミは風を操れるが、エンコウも同じようなことができるんだな。しかしこれは一体なんの力なんだろう？

「ガウガウ！」

「ウキキィ」

凄い凄いと褒め称えるように吠えるマガミ。その背中にエンコウが飛び移った。

そして二匹のじゃれ合いが始まった。まったく可愛い奴らだな。

「ウキッ」

「う～ん、そうだな。小さくなれるなら、一緒に連れていけるか聞いてみるか」

ま、これくらいなら上手く説明すればなんとかなるだろう。

「それじゃあ先に出るよ」

「あぁ、俺たちもあとから行くよ」

「まさか私も参加できるとは思わなかったけど、頑張りますね！」

数日後。エガの町に下りた俺は、デックとその妹のデトラと会って大会に出場することを伝えた。

デックとデトラが張り切っているが、これは事前試合で二人が勝ち残って大会に出場することになったからだ。デックは残ると確信していたが、まさかデトラも残るとは思わなかった。なんでも頑張る兄の姿を見て、自分も可能性にかけてみたくなったんだとか。試合では植物を操る魔法を行使していて、実にデトラらしいと思ったな。

ちなみにデックは武術大会に、デトラは魔法大会に参加することになる。勝ち残れば、デックは騎士学園への、デトラは魔法学園への道が開けるわけだ。ただ、二人はさらに大会予選を勝ち抜かないといけない。ま、これは俺も同じだけどね。

「それにしてもエンコウちゃん……か、可愛い」

「ウキキィ♪」

エンコウがデトラの肩に飛び乗って頬ずりした。二人には、俺の連れている子猿がエンコウの変身した姿だと伝えてある。

それにしても……どうもエンコウ、女の子への興味が強い。

家族には事情を説明して、ひとまず納得してもらえた。その上で母上やスワローやメイドたちに可愛がられているが、男に関しては俺以外には素っ気ないのだ。

「それにしても、不思議だよな。エンコウってもしかして魔獣なのか？」

首を傾げながら言うデックに、俺は「さあ」と応える。

「父上はその可能性もあるって言ってたな。父上は興味を持っていたけど、俺としては別にどっちでもいいかな。エンコウはエンコウだし」

「そういうところがジンらしいよな」

デックがニヒヒと笑った。

こうして改めて見ると、デックは随分と背が伸びて体格もガッチリしてきたな。実年齢より二、三歳は上に見える。なんとなく、デトラも雰囲気が大人びて来た気がする。

「大会ではお互い頑張ろうな、ジン」

「あぁ、勿論だ。デトラも頑張って」

「は、はい！　どこまでできるかわからないけど、頑張ります！」

そして俺はデックやデトラと別れ、屋敷に戻った。

二人が大会の行われるタラードの町へ行くのはもう少しあとだが、俺……というか、エイガ家の人間は二人より先に出発する。大叔父への挨拶など、大会の前に色々とやることがあるからだ。

それからその日のうちに出発の準備を済ませ――

「じゃあ、行ってくるね」

「はい。お坊ちゃまのご健闘をお祈りしております」

明朝、スワローに見送られた俺はエンコウとマガミを連れ、父上や兄貴と一緒に領地を出立したのだった――

第二章　転生忍者、大会に向けて旅立つ

「まったく、なんだってこんな愚弟と一緒に、大叔父様の町に行かないといけないんだ」

馬車の中、俺の斜め前に座る兄貴がそう愚痴(ぐち)った。俺だってお前と一緒に行くなんて願い下げだ、とも思ったが口には出さない。馬車が一台しかないのだから仕方ないしね。

馬車には父上も乗っている。エンコウは俺の頭の上で、マガミは俺の足元で大人しくしていた。

「ふん、大体なんで狼や猿まで一緒なんだ。馬車が狭くて仕方ない」

文句を言いながら、兄貴が馬車に用意されていたリンゴを手に取った。

「キキィ！」

しかし、エンコウが兄貴からリンゴを奪い、俺の方に戻ってきてシャリシャリと食べ始める。

「な！　おま、何してるんだ！　返せよ！」

興奮して文句を言う兄貴を、父上が窘める。

「ロイス、大人しくしなさい」

「で、ですが、猿がリンゴを！」

「リンゴならまだあるだろう。しかし、人のものを取るのはよくないことだぞ」

「キキィ」

父上に言われ、エンコウが反省のポーズを取った。

わかればいい、と父上が微笑むが、兄貴は納得行ってない様子である。

エンコウはそんな兄貴に向かって、お尻をペンペンして挑発していた。父上が見ていない瞬間を狙うところが、なかなかずる賢い。

「こ、こいつ！　父様！　見ましたか！　今この猿、私を馬鹿にしましたよ！」

「うん？　……大人しくリンゴを食べているだけではないか？」

「いや、そうじゃなくて！　こ、この！」

兄貴が杖を振り上げ、魔法の詠唱を始めた。しかし、すぐに父上に怒られて中断する。こんなところで魔法を使おうとすれば、そりゃ怒られもするだろう。

エガの町からタラードの町までは、途中で宿場を経由しながら馬車で三日ほど必要だ。それなりにかかると言えるだろうな。

馬車の周囲は、数人の騎士が馬に乗って護衛している。もっとも、街道を走っているから、獣や盗賊に襲われることもそうはないようだ。

途中何箇所かある山越えだけが懸念材料だったけど、特に問題なく越えることができた。

そして何事もなく三日後――

「間もなくタラゼド領に入ります。ただ、領内で最近盗賊が出没しているそうですので、まだ完全に安心はできません」

「そうか。気をつけて進んでくれ」

「ハッ！」

敬礼する騎士を横目に、俺たちは馬車に乗り込んだ。昨日から泊まっていた宿場を出発し、今日中にタラードの町へ到着する予定だ。

兄貴は馬車の中で、父上にこう言っていた。

「父様。盗賊など、もし出てきてもこの私が返り討ちにしてみせます」

「しなくていい。そういうことは、護衛の騎士に任せておけばいいのだ。彼らはそのためについてきているのだからな」

「う、は、はい……」

「――お前は大会のことだけ考えておけ。こんなところで余計な魔力を使う必要はない」

「は、はい！　勿論です！　必ず優勝してみせますよ！」

兄貴の奴、随分と張り切っているな。大叔父が来た時も、優勝を狙うと豪語していたようだし。

「そういえば父様。タラードには奴隷商館があると聞きます。よろしければあとで連れていってはもらえませんか？」

「ふむ、奴隷か……」

「はい。私も先日、誕生日を迎えて十一歳となりました。そろそろ奴隷の一つも持ってみてもいいと思うのです」

そういえばそうだったな。兄貴も一年過ぎれば年は取る。中身が伴っているかは知らないが。

「……連れていくのはいいが、買うかどうかは別だぞ？」

「連れていっていただけるだけでも嬉しい限りです！」

兄貴が嬉しそうに答えた。まったくわかりやすい奴だ。店にさえ行けば、買ってもらえるとでも思っているんだろう。

しかし、奴隷か。前世の世界では、海の向こうで実際にあった制度である。

ただ、日ノ本でもまったくなかったということではない。形は違えど農民は上の身分の者には逆らえなかったし、闇での人さらいや人身売買なんてのもそれなりにあったからな。

こっちではそれが公に商売として認められているという話だ。俺は興味ないけど。

やがて、馬車はタラードの町にたどり着いた。

タラードは商業が盛んな町だと聞いている。確かに、人の数が多くて活気に溢れている。

父上の治めるエガの町とは規模も人の数も大違いだな。石造りの建物が主で、屋根は赤で統一されている。

町中の道も全て石畳だ。幅も広い。金がかかってるな。それだけ資金が潤沢にあるってことか。

しかし、なんだろう。上手く言えないけど、妙に嘘っぽさのある町並みに思える。

「こちらが宿です」

「あぁ、ありがとう」

御者（ぎょしゃ）が扉を開けたので、馬車を降りる。

ようやく長旅から解放された。父上の馬車は一般的なものより乗り心地はいいらしいが、それでもやはり慣れない。日ノ本では馬車がそもそもなかったからな。馬術は習っていたけど、忍者の場合走った方が速いし。ここ数日で大分体がなまってしまった。

宿についてから、兄貴が随分とそわそわしていた。よっぽど奴隷商の店に行くのが楽しみらしい。荷物を置いてすぐにでも行きたいと言いだした。

「お前も特別に一緒に行くのを許可してやろう」

機嫌がいいせいだろうか、珍しく兄貴から声がかかった。俺に向けられるドヤ顔がイラッとくる。別に行かなくてもよかったのだが、こっちの世界についての知識は深めておきたい。兄貴もこう言っていることだし、同行するか。

宿を出発する前、兄貴は父上に話す。

「父様、やはり奴隷とはいえ、ある程度優秀な存在がいいと私は思います。屋敷に役立つ者がいいでしょう。器量に加えて頭もよければ最高です」

「胸を膨（ふく）らませるのはいいが、必ず買うと決まったわけではないのだからな。それと、あまりはしゃいでみっともない真似をするんじゃないぞ」

「そうだぞジン！　貴様はあくまで私のおこぼれで付き合わせてやるだけなのだから、我が家の恥になるようなことはするなよ！」

兄貴がこちらに指を突きつけながら言ってきた。あのな、父上はお前に注意したのだと思うぞ。さっきから浮かれすぎだからな。

そして再び馬車に乗り込み、俺は二人に付き添う形で奴隷商の店とやらに行くことになった。

「ここが、奴隷商館というものなのですね！」

店の前に着くと、兄貴が鼻息を荒くさせた。

ふむ、建物は結構立派だな、と思いながら父上と兄貴に続いて店の中に入る。

「ようこそおいでくださいました、エイガ卿。ささ、どうぞこちらへ」

入店すると、支配人を名乗る男が部屋まで案内してくれた。ちょび髭を生やした腰の低い男だ。シャツの上に赤いベストを着て、折り目の入ったズボンを穿いている。流石に身なりは上等だな。

支配人は一目見て父上がエイガ家の人間だとわかったが、これはエイガ家の名が広く知れ渡っている証拠だろう。魔法の名門と名高い家系だけある。

ちなみに、なんとなくエンコウとマガミも連れてきていたが、特に文句は言われなかった。

支配人は頭を下げ、父上に聞く。

「この度は当商会にお越しくださり、ありがとうございます。どのような奴隷をご要望ですか？」

「いや、先日誕生日を迎えた息子のロイスが、奴隷に興味があるようでな。だから要望はロイスに聞いてほしい」

父上が答える間、兄貴はキョロキョロとしていて落ち着きがなかった。

「なるほど、誕生日の贈り物というわけでしたか。ロイス様、誠におめでとうございます」

「うむ、苦しゅうない」

胸を張って偉そうに答える兄貴を、ジロリと父上が睨む。

「ロイス、調子に乗るな」

「し、失礼しました」

いきなり注意されてるぞ、こいつ。まったく、先が思いやられる。

「それではご希望をお伺いしても？」

媚びるような笑みを浮かべる支配人の質問に、兄貴は顎に指を添え考える仕草を見せた。

「あ、あぁそうだな。私は将来、家を継ぎ領主として人々を導かなければならぬ身。ゆえに奴隷を選ぶにしても、我が家にとって役立つ存在をだな――」

なんてことを兄貴が支配人へ長々と話しだした。そのうちのほとんどはどうでもいい内容に思えたが、とにかく話を聞いた支配人は承知しましたと頭を下げ、そして一旦引っ込んだ。要望にあった奴隷を部屋まで連れてきてくれるらしい。

俺はカーテンが引かれている目の前の壁を見る。

カーテンの奥は、ガラス張りになっているようだ。まずはあっちの部屋に奴隷を通して、気に入った者がいれば直接会う仕組みなんだろう。

しばらくして、支配人が帰ってきた。

「お待たせいたしました。ロイス・エイガ様のご要望に沿うよう、三人の奴隷を準備いたしました。お気に召すといいのですが――」

そう言いながら、支配人がカーテンを開く。

ガラスの向こう側に三人の奴隷が立っていた。全員首輪をしているが、あれは奴隷が逆らえないように作られた魔道具らしい。命令に逆らおうとすると首が絞まる仕組みのようだ。

「向かって右側からドドリゲス、ミタナ、ガンボでございます」

「おお……」

「ガウ――」

「キキィ！」

奴隷たちを見て、思わず声が漏れた。マガミとエンコウも興味深そうに見ている。

俺から見て一番右側に立っていたのは屈強な体格の男だった。支配人の話だと年は三十二歳とのことで、かつては戦争奴隷として最前線で活躍したこともあるとか。そして何よりの特徴として、獣耳と尻尾が生えていた。

つまり彼は獣人だ。初めて見た。だからつい声を出してしまった。

当たり前だが、日ノ本に獣人はいなかった。似たような妖怪はいたけど。

支配人によると、元戦争奴隷だけあって実力は折り紙付き。護衛には最適とのことだった。家の警備を任せてもいい仕事をするだろうともアピールしていた。

そして、その隣に立っているのはミタナという女性。年齢は四十五歳とのことだ。

ふくよかな体型で一見すると穏やかそうに思えるが、目つきが異様に鋭かった。

さて、ミタナのさらに隣に立っているのは一見するとただのおっさん。身長がかなり低い。今の俺とそう変わらない背丈だろう。

しかし、筋肉量が凄まじい。背は低いが肩幅が広く、ずんぐりむっくりな体格だ。

この種族も獣人と同じく、屋敷の書物を読んで知識でだけ知っていた。

ドワーフ——酒と鍛冶をこよなく愛し、世界で最も物作りに長けた種族だ。俺は初めて見た種族に、少なからず感動した。

支配人の話だと、獣人やドワーフの奴隷は珍しくないそうだ。

まず獣人に関しては、かつて迫害されていた歴史が関係しているらしい。今は多少マシになったということだが、獣人は魔力が低い。魔法至上主義のこの大陸では、蔑視されやすいのだという。

ドワーフの方は大量の借金を作ってしまったのだとか。ドワーフは総じて腕がいいものの、いかんせん商売が下手。ゆえに商売で失敗して借金を作り、奴隷になるパターンが多いとのこと。

ちなみに真ん中のミタナは普通の人間で、かなり優秀なメイドとのこと。家事全般を完璧にこなせるのだが、覗き見が趣味だったのが災いして、主人の部屋で見てはいけないものを見てしまった。

その結果として、主に捨てられ奴隷にされたようだ。

こうして並んだ奴隷たちの紹介をした支配人は、兄貴に感想を聞く。

「う～ん……」

すると、兄貴は腕を組み悩ましげな声を出した。

「確かにどれも素晴らしい奴隷だと思う。屋敷に連れ帰ってもきっと役立つ」

「お褒めいただき、ありがとうございます」

「……ただ、その、なんだ。一つだけ不満点を挙げるなら、全員年がいっている」

「なるほど。つまりもっと若い方がいいと？」

「う、うむ。私はまだ十一歳だからな。あまり離れているのはちょっと……それに、なんだ華が足りないと私は思うんだ」

一つと言いながら兄貴の奴、不満を二つ言ってるぞ。

「なるほど、華でございますか。一応はミタナは女ですが？」

「いや、アレはそういうのとは違うだろ、どう見ても！」

「それは申し訳ありません」

兄貴が語気を強めると、支配人が頭を下げた。冷静だな。兄貴みたいな客の扱いに慣れてそうだ。

「いや、取り乱してすまない。とにかく、家のために役立つことを第一に考えてほしいのは確かだが、もう少しなんというか、ゴツくないというか、スリムで大人しくて、そして表に出して恥ずかしくない程度に美しく、できればその、胸も多少はあった方が」

「支配人、息子はどうやら年の近い女の奴隷を見てみたいそうだ」

「いやいやそんな父様！　私はそこまではっきりとは言っていません！」

いや、あれは言ったも同然だろう。父上も呆れ顔だぞ。それなら最初からそう言えば手間もなかっただろうに。

「そうか。ならこの三人から選ぶのか？」

「チェンジでお願いいたします！」

父上に再確認され、兄貴がきっぱりと断言した。お前は結局、可愛い女の子を奴隷にしたいってだけかよ。散々偉そうなことを言っておいて、とても残念な兄貴だ。

「ガウ……」

「ウキィ」

エンコウとマガミは兄貴に情けないものを見るような視線を向けている。自称・偉大で将来有望な兄貴様に対する二匹の好感度は現在、ぐんぐんと下落している最中だ。

「なるほど、見目麗しい女性が好みということですね」

「いや、誤解しないでくれ。あくまで私は将来的に考えてだな――」

言い訳がましい兄貴だが、今更何を言ってもただの助平心だってバレバレだからな。

「しかし……実は現在、女性の奴隷が不足しておりまして……」

「え！　ここは町でも評判の奴隷商館だろう！　それなのに何故女がいないのだ！」

支配人の言葉に、兄貴が立ち上がりむきになってまくし立てた。どうやらよっぽど期待していたらしい。もう隠す気もないな、こいつは。

「申し訳ありません。実はここ最近、若い男女が攫われる事件が多発しておりまして、奴隷の入荷が滞っているのです。事件が沈静化すれば、また入ってくるようになるとは思いますが……」

そんな事件が起きてるのか。さらに話を聞くと、若い奴隷を運んでいた商人が襲われて殺されたこともあったらしく、みんな及び腰になっているらしい。

父上は話を聞いて口を開く。

「ふむ、つまり今はまったく女の奴隷がいないということか？」

「そうなのか！　まったくいないのか⁉」

兄貴も支配人に食い下がる。ひ、必死すぎる……

「いえ……実は一人だけいるにはいるのです」

「何！　本当か！　それはどうなのか？　見た目はいいのか！」

「……ウキィ」

「ガウ……」

まるでぶら下がった餌にすぐに飛びつく魚のごとしだ。エンコウとマガミがとても呆れた目をしているぞ。

「容姿は問題ございません。というかむしろ、大変美しいです。黒髪に黒目と、この大陸ではあまり見られない特徴もあります」

黒髪に黒目、か。俺は母親譲りの黒髪で、黒髪そのものはこの国でもそこまで珍しくはない。ただ、黒目の方はかなり希少だ。日ノ本では当たり前だったが、転生してからは見たことがない。

「ほう、ほう！　よいではないか！　よいではないか！　何故そいつを先に紹介しないのか！」

兄貴がすぐさま食いついた。鼻の穴を大きくさせて、実にみっともない。

「ふむ、確かに話を聞いていると申し分なさそうだが、少々わけありのようだな」

父上は流石に冷静だ。実は俺も妙だと思っていた。

支配人は頷いて説明しだす。

「はい。実は問題が。その奴隷は奴隷商の一人がうちに持ち込んだ女なのですが、言葉がまったく通じないのです。身に着けている衣服も見たことのないものでして、なんらかの理由で異国から流れ着いた者だと思われます」

その話を聞き、何故か一人の少女の姿が脳裏に浮かんだ。そんなはずはないと考えを振り払うが、何故だろう。聞いているうちに胸騒ぎが大きくなっていく――

「それと、とても気性が荒く、暴れて仕方ないのです。そのため紹介しなかったのですが……」

「構わぬ！　多少のことは目を瞑るので、さっさと連れてくるがいい！」

……兄貴は随分と偉そうだ。

支配人が父上に目で確認を取ると、無言で頷く。

支配人は「承知しました」と言って、カーテンを閉じて一旦退室した。

俺は待っている間、ずっと心がざわざわし続けていた。何故かはわからないが、嫌な予感がする。

数分ほどで、支配人が戻ってきた。

「準備が整いました。それではどうぞご照覧あれ――」

「早く！　早く見せてくれ！」

兄貴が鼻息を荒くさせる中、支配人が再びカーテンを開いた。

「お、おお……」

兄貴が目を輝かせる。

髪の長い少女だった。顔を伏せているが、着衣しているそれには見覚えがある。

少女の顔が徐々に上がり――

『また、妙な連中を妾(わらわ)の前に出しおって！　一体なんなのじゃ！　一国の姫たる妾をなんだと思っておるのじゃ！　無礼者』

そこに……姫様がいた。

まったく意味がわからないが、確かにガラスの向こう側で声を上げていたのは――前世で俺が命をかけて守った主君、輝月夜(カグヤ)様に他ならなかった。

格好は俺が前世の最期に見た時と変わらない――藤色の着物に赤い帯を締め、足袋(たび)を履いている。

日ノ本でも五本の指に入るという呉服商(ごふくしょう)に依頼し、仕立てた着物だ。最高級の逸品(いっぴん)だったが、今は薄汚れてしまっている。

『お前たち、妾をいつまで、こんな場所に閉じ込めておくつもりなのじゃ！　妾を縛りつけているこの枷もさっさと外すのじゃ無礼者！』

姫様が日ノ本の言葉でまくし立てる。

何が起きているのかまったくわからないが、あれだけ威勢よく声を上げられているのだから、とりあえず元気そうだ。あの様子なら、そこまで酷い目にあったということはないのかもしれない。

そもそも、ここは高級な奴隷商館だ。奴隷とはいえ扱いには相当に神経を使うはずだろう。

手放しで喜べる状況ではないが、ここに預けられたのはよかった。下手な奴隷商人に捕まって悲惨な目にあっていたら、そしてもし俺がそれを見つけたら、間違いなくそいつを殺していただろう。

しかし、どうしたものか――

『おいそこの黒髪の貴様！』

「……へ？」

ふと、姫様の切れ長の目がこちらに向けられ、俺に声をかけてきた。まさか、俺の正体が――？

『貴様、誰かは知らぬが、妾をはようここから出さぬか！　おい、聞いておるのか！』

姫様が声を荒らげた。どうやら気がついたわけではなさそうだ。当然か。今の俺は年は勿論、見た目も日ノ本の頃とは違う。ただ俺がこの中で唯一黒髪だったのが目についたから、声を上げたってところか。

「ジン、あの者の言っていることがわかるのか？」

するとと、父上が怪訝そうに問いかけてきた。俺が思わず反応してしまったからだろう。

ここは下手に反応してはまずいと思い、しらばっくれることにする。

「いえ、こちらに指を向けてきたので、何か言われたのかな、と……」

「ふざけるな！　あのような美しい娘が、貴様みたいな能なしに声をかけるわけがないだろう！」

兄貴が俺を怒鳴りつけてきた。こいつ——姫様に興味を持ったか……

「支配人。私はあの女が気に入ったぞ。さっさと対面させてくれ」

姫様との面会を要求する兄貴に、支配人はためらいながら言う。

「しかし……見ての通りかなり気性が荒く、こちらも手を焼いている娘でして。あの変わった衣服も、取り替えようとしたら暴れるので仕方なく放置しているのです」

それで着物は汚れたままだったのか……支配人の話で得心がいった。

「しかし、隷属の首輪を付けているではないか。あれがあれば言うことを聞くのでは？」

「それが……奴隷だとわかるように付けてはいますが、不思議なことにあの娘には首輪がまったく反応しないのです」

「首輪が反応しない？」

父上が目を瞬かせた。信じられないといった様子だが——俺にはなんとなく理解できた。

姫様の力はこっちでも健在ということか。日ノ本にいた頃から、姫様には人とは違う不思議な力が備わっていた。忍の使う忍法も大概だが……

とにかく、そういった修業を積んだわけでもないのに、姫様は一切の病にかからず、毒の類もまったく通じなかった。もっともこれは俺が護衛につく前の話で、俺が姫様の側にいるようになってからは、そもそもそんなもの近づけさせやしなかったけれど。

さらに、どうやら呪いなんかも撥ね除けていたようで、呪いを撥ね返された呪術師が死んでいたということもよくあった。

その力に目を付けた連中に姫様が狙われ、俺は同胞の忍たちを敵に回すことになったのだが――

それはそれとして、あの首輪が通用しないというのは僥倖である。とはいえ、姫様は身体的にはごくごく普通の少女と変わらない。あまり楽観的になれる状況ではないな。

支配人は説明を続ける。

「そういった事情ですので、対策が整うまではあまり表に出すつもりもなかったのですが……あの通り、気性に問題がありますよ」

「構わん！　大体女はあれぐらい元気な方がいいというものだ。直接会わせてくれ」

「ロイス、本当にいいのか？」

「はい、大丈夫です父様。あれを手に入れたら、この私が必ず手懐け――ひぅ!?」

「おい、どうしたロイス？」

「あ、いや……今、何か悪寒が……」

つい、兄貴へ殺気を漏らしてしまった。姫様に対する発言にどうしても耐えられなかったからだ。ここで癇癪を起こしては、かえって状況が悪くなる。悔しいが、今は黙っているしかない。

「それでは、連れて参ります」

支配人が部屋を出て、ガラスの向こう側に向かう。カーテンは開いたままだった。ガラス張りの向こう側に支配人が姿を見せ、姫様に近づくのが見える。

「おいジン！　何をしている！　あれは私の奴隷だぞ、ガラスに近づくな！　貴様がじっくりと見ていいものじゃない！」

兄貴が俺に怒鳴った。

ガラス……そうか、俺は無意識にガラスに近づいてしまっていたか。

俺は構わずガラスに手を添えて、向こう側の二人に目を向ける。兄貴が何か叫んでいるが、今はそれどころじゃない。

支配人が姫様の枷を外し、手を引っ張る。

「さぁ、こっちへ来るんだ」

『何をするのじゃ！　この無礼者が！　妾をなんだと思っておるのじゃ！　放せ！　放さんか！』

「くっ、こいつまた抵抗を。いい加減にしないか、奴隷風情が！」

支配人の手が姫様に向かって振り上げられたその時、俺の中で何かが弾けた。

――パリィィイイィイン！

「な、ガラスが、割れた？」

『なんじゃ？　一体何が起きたのじゃ？』

『しまった！　つい力を……申し訳ありません姫様！　お怪我はございませんか⁉』

『は？』

俺が咄嗟に日ノ本の言葉で謝ると、姫様はポカンとした。

うかつだった。自分を抑え切れず、チャクラを放出してしまった。

「一体何が起きたんだ？」

支配人の戸惑いの声が聞こえてくるが、今はそれより姫様だ。飛び散ったガラスの破片が当たりでもしていたら大変だ。

窓枠を乗り越えて姫様に近づき、姫様の様子を確認する……よかった、なんともないようだ。

『おいお前！』

胸を撫で下ろしていると、俺を呼ぶ強気な声。顔を向けると、まなじりを尖(とが)らせた姫様が立っていた。俺の手は、姫様の細い両肩を掴(つか)んでいる。

『あ！　申し訳ありません、つい！』

すぐに俺は肩から両手を放した。無意識とはいえ、無礼な真似を――

『肩のことなど気にしておらん。それよりお主、何故妾を姫と呼ぶ！』

姫様が叫び、俺は首を傾げた。

『何を言うかと思えば。この刃、姫様の護衛として――』

そこまで口にして、俺はハッとした。

なんて間抜けな話だ。つい我を忘れて自分から名乗ってしまった。「刃」とは、俺の前世での名前である。

姫様がじっと俺を見てくる。混じり気の一切ない澄んだ水晶のような瞳だった。

俺のこと、気づかれてしまっただろうか？

『……ぷっ、あはは、お主も面白い冗談を言う。刃がお主のようにちんちくりんなはずがなかろう。妾の知っている刃は背が高く、かっこよくて頼りがいのある最高の忍者なのだ！　大体お主は髪こそ黒いが、顔立ちは南蛮人のようではないか！　刃の名前を騙るでない、この痴れ者が！』

姫様に怒られてしまった。

どうやら姫様は俺が刃だとまったく気づいていないようだ。だが、冷静に考えてみれば当然だろう。今の俺は、年齢からしてまったく違う。転生して赤子からやり直しているわけだしな。

というか姫様が、俺が最期に見た時とまったく変わらない姿でここにいるのは何故だろうか。

少し考え、俺は一つの考えに至った。

俺は死の間際、黒闇天という神を呼び寄せ、次元に裂け目を作りそこに姫様を逃した。

だが、かつて黒闇天は言っていた。次元を操る力は繊細なチャクラ制御が必要だと。少し調整を間違えただけでまったく違う時空に飛ばされる可能性があると。

あの時の俺は深手を負っていた……そのため、チャクラの制御ができていなかったのだ。

なんてこった。確かに遠くに逃がすつもりではあったが、何をどう間違えたのか、結果的にこの世界に飛ばしてしまったということか。しかも俺が転生してから十年経ったこの時代に、だ。とんだ失態だ。何やってるんだ俺は……

いや、今更後悔しても仕方がない。それに結果的には姫様は城から逃げ出せた。別の世界に来たのだから、向こうの忍者や姫様を狙っていた大名連中に狙われることはなくなる。

その代わり、この世界で新たな危険に巻き込まれているのだが……

『しかし、お主は何故自らを刃と名乗る？　それに妾の言葉がわかるようじゃな。ならば教えるのじゃ。ここは一体どこなのじゃ！　妾は何故このようなところに囚(とら)われている！』

姫様が俺に向けて叫び、問いかけた。

俺が何か返事をする前に、兄貴が大声を上げる。

「愚弟！　お前はどさくさに紛れて何してるんだ！　支配人も、このガラスは一体どうなってる！欠陥品だろう！」

「も、申し訳ありません。このガラスは特別製で、オーガが殴っても壊れないほどに丈夫なはずなのですが……」

「もしかしたらガタが来たのかもしれない。全てのものはいずれ壊れるのだし、仕方あるまい」

頭を下げる支配人を父上が擁護した。ガラスが割れたのは俺の仕業だとはばれていないみたいだ。

まぁ、考えてみれば当然か。オーガはゴブリンよりも巨大な、鋭い角を有する凄まじい膂力を誇る魔物らしい。それが殴っても割れないようなガラスを、まさか俺が割ったとは思うまい。

「しかしジン、お前、その子の言葉がわかるのか？」

父上から厄介な質問が飛んできた。ついつい姫様と話してしまったのを、父上は見逃さなかった。

『どうした？ 妾の言葉がわかるのだろう？ 何故答えぬ？ それとさっきからわけのわからない言葉を口にしているあやつらは何者なのじゃ？』

姫様もさっきの質問の答えを迫ってくる。

まずいな。板挟みのような状態になってしまった。

どうする？ 姫様を助け、そして今の状況を父上たちに怪しまれないようにするには——

俺は必死に考え、一つだけ策を思いついた。多少強引だが、やるしかない——！

俺は姫様にだけ聞こえるよう、小さな声で素早く話す。

『……僕の名前はジン・エイガ。あなたの知っている刃とやらではありません。姫様と呼んでしまったのは、そういうあだ名の知り合いと似ていたからです』

『なんじゃと？ お主もジンという名前であったか、紛らわしい。ま、お主のような者と刃が関係あるわけないであろうがな』

『……とにかく知り合いに似ているよしみで、ここからは僕がなんとか出してあげようと思います。だからできるだけ大人しくしていてください。あと、先に謝っておきます』

『謝る？』

可愛らしく首を傾げる姫様に、俺は抱きついた。ある程度強く、それでいて抵抗できるくらいに。

『〰〰〰〰〰〰〰〰ッ⁉』

「な！　おま、何してるんだこら！」

『こ、この無礼者がァアァアァアァッ！』

兄貴の声が背中に届くのとほぼ同時に、姫様が俺を突き飛ばし、平手で頬を殴ってきた。

姫様の力だ、痛みはまったくない。だが俺は「うわっ！」と慌てた振りをして足をもつれさせ尻餅をついた。

「あいたたた、参ったな。色々試してもまったく言葉が通じないし、別にいいかなって思って抱きしめたんだけど」

「こ、この！　愚弟のくせに色気づきやがって！　父様、こいつはとんだ破廉恥な奴ですよ！」

転んでみせた俺を指差して、兄貴が父上に訴えた。

一方で父上も転んだ俺を見下ろしながら口を開いた。

「……つまりジンよ。お前がさっきから喋っていたのは、適当に真似してみただけということか？」

「はい、そうですよ。少しくらい意思疎通が取れるかなって試してみたんですけど、さっぱり駄目で。でも、ほら。この子可愛いし……っ、つい抱きしめたくなっちゃって」

自分で言ってて恥ずかしくなってきた。

「何がつい、だ。この愚か者が！この奴隷は私のものなのだ！　まったく……大変だったな」

するとどさくさに紛れて兄貴が両手を広げ、姫様に近づいていった。こ、こいつまさか！

『いい加減にするのじゃ！　このバカモンがぁああぁああ！』

「ぐぼおぉおぉおおぉおおッ！」

しかし、兄貴の行為は見事不発に終わった。姫様が兄貴の股間を蹴り上げたからだ。

「プッ――」

「ガウガウ！」

「ウキャッキャ」

バカ兄貴が股間を押さえ悶絶し、床に転がっていた。姫様の力とはいえ、そこをやられたら流石にたまったものではないようだ。その姿に俺はつい噴き出してしまう。マガミとエンコウも愉快そうに笑っていた。

「くそ、なんて女だ……」

「うかつに近づくからだ、馬鹿者」

涙目でぼやく兄貴に、父上が呆れたように目を細めた。そしてため息交じりに口を開く。

「しかし、首輪の効果がない上にこの性格となると、確かに人変そうだ。言葉も通じないしな」

「えぇ、ですからこれまで紹介はしておりませんでした。せめて首輪が効けばまた違うのですが」

支配人がやれやれと肩を竦める。

「どちらにせよ、ロイスの手には余るな……」

父上が姫様に目を向け呟く。これは、俺にとって願ってもないことだ。

「でしたら父様。この奴隷、僕に買っていただけませんか？」

「何？」

俺が言うと、父上の目が俺に向けられる。

この流れは僥倖だ。俺としても姫様を助ける手はこれしかないと考えていた。

そう、姫様を俺の奴隷にしてもらう。自分で言っておいて不敬もいいところだと思うが、現状姫様の安全を守るためならこれが一番だろう。

俺はこの世界は日ノ本よりはずっと平和だと思っている。それは俺が元忍者であり、ある程度の力を持っているからである。だが姫様はそうはいかない。

問題は父上が認めてくれるかだが、俺には一つ考えがある。

父上は生真面目だし律儀な人だ。

だから、あの約束を持ち出せば――

「待て、何を勝手に決めている！　愚弟の分際で！　父様、私はこの奴隷が気に入りました。ぜひとも私に買い与えてください！」

だが、兄貴が待ったをかけてきた。姫様に股間を蹴り上げられてもまだ懲りてないのかこいつ。

「本気かロイス？　言葉も通じず、首輪の効果もないのだぞ？」

「それがどうだというのですか。いいではないですか。それにこれくらいの方が調教しがいがあるというもの」

「――調教？」

「あ、いえ、指導です。指導のしがいがあるというもの！」

父上が眉を寄せると、兄貴は慌てて言い直した。俺もイラッと来たが、どうやら父上も奴隷をそのように扱うことをよく思っていないようだ。

兄貴はさらに言葉を続ける。

「それにこの女はとても美しい。エイガ家の奴隷にふさわしいではありませんか。きちっと躾け、作法を教え込めば外に出しても恥ずかしくない立派な従者となってくれるはずです」

兄貴が必死に父上に喰らいつく。

姫様が美しいという点は間違いない。俺が護衛をしていた当時、姫様は十二歳だったが、それにもかかわらず求婚の誘いがやむことはなかった。

だが、このまま兄貴の好きにさせるわけにはいかない。

「父様、兄さんの言うことには同意できる部分もありますが、兄さんには手が余ると思います」

「は？　お、おま、何を言ってるんだ！　愚弟のくせに！」

「兄さん、少し黙っていてください。父様、お願いします。どうか兄さんではなくこの僕に買わせてください！」

とにかく、兄貴に姫様の権利を渡すわけにはいかない。こんなのが姫様を奴隷にしたらと考えるだけでおぞましい。

「待て、お前たちは私がこの奴隷を買うと考えているようだが、必ず買うと約束してはいないぞ」

「父様、しかし私の誕生日にまだ何もいただいておりません」

「……確かにそうだが」

兄貴の言葉に、父上が頷いた。

兄貴は今年、誕生日の贈り物をもらいそびれていたんだよな。父上が大叔父や事前試合のことで色々とバタバタしていたのが原因で、落ち着いたら好きなものを買うと約束させていた。その話を今、持ち出したわけか。

「それにここでこの奴隷を買い与えてくれれば今度の魔法大会により一層身が入ります！　約束しましょう、必ず優勝を！」

「……ロイス、そこまでしてこの奴隷が欲しいのか……うむ――」

まずい、父上の気持ちが兄貴に傾き始めている。なら、今こそこの手でいくしかない。

「父様、約束を覚えていらっしゃいますか？」

「約束？」

「褒美です。ゴブリンの事件があった時、褒美を与えてくださると仰いました。それはまだいただいておりません」

「むっ……」

父上が唸る。この様子だとしっかり覚えていてくれたようだ。

「お前、こんな時にそんな過去の約束を持ち出すなんて卑怯だぞ！」

「過去だろうと約束は約束でしょう」

兄貴がくってかかってくるが、俺だってここで引き下がるわけにはいかない。意地でもここで姫様を解放してあげないと。正確には奴隷という立場は変えられないが、俺の庇護下にいれば酷い目にあうこともない。

「父様、約束ならば私も一緒です。しかも私は大事な誕生日を迎えたのです。兄の私が優先なのは当然では？　まして魔法の才能もない愚弟に奴隷など必要ない」

「兄さんは約束なんてしていないでしょう。ここまで連れてきてもらうという話だけだったはず」

「うるさい！　誕生日に買ってもらえるのだから一緒だろ！　それで大会も優勝できるのだから問題ない！」

こいつ、既に魔法大会で勝った気でいやがる。どれだけ自意識過剰なんだ。

「……支配人。魔法大会が終わるまで予約という形でその奴隷を残しておいてもらうことは可能か？」

父上の言葉に俺は愕然とした。大会が終わるまでということは――

「それはもう。元々こういった奴隷なので、本来はお客様に出せるような代物ではなかったのです。

それを他でもないエイガ家の男爵様に引き取っていただけるなら願ってもないことです」

「そうか。勿論手付金は払わせていただく。さて、そういうわけだ。ロイス、お前がもし大会で優秀な成績を収められたならこの奴隷はお前に買い与える。だが、それが不可能だった場合はジン、お前のために購入しよう。約束もあるしな」

「……弟には過ぎた話ですが。そういうことであれば、必ず父様が納得される成績を、いや優勝してみせましょう！」

兄貴が自分の胸を叩いて宣言した。そして父上が俺に視線を移して釘を差すように言った。

「お前もそれでいいな？」

父上が俺に納得しろと目で訴えてきた。だが、それじゃあ駄目だ。この世界の魔法について全てを知っているわけじゃないし、兄貴の魔法が特別優れているとも思えないが、少なくとも子どもだけで行われる大会の範囲なら兄貴がそれなりの成績を収めてしまう可能性が高い。この条件はあまりに俺が不利すぎる。

「父様、約束を守ってはいただけないのですか？」

「……確かに褒美は取らせると言ったが、内容にもよるのだ。今回は兄のロイスと同じものを欲しがっている。しかもロイスは大会でいい結果を残すと張り切っている。その気持ちをないがしろにはできない」

諭すような言い方だ。やはり父上も本質的には魔法で物事を考える。だからこそ期待の意味も込めて兄貴を優先させているのだろう。

俺は抗議の意味を込めてさらに食い下がる。

「大会なら僕も出ます」

「……しかしお前は武術大会だ」

「……武術大会で結果を出しても駄目なのですか？　褒美の約束は守っていただけないのですか？」

「褒美は取らせる。ロイスと同じくいい結果を残せた場合は、別の奴隷を与えてもいい」

「父様は人がいい。そんなもの与えなくてもいいと言うのに」

兄貴がやれやれとばかりに言った。

クッ、それじゃあまったく意味がないんだよ。

エイガ家の魔法を重視する慣習が、ここに来て俺の邪魔をする。武術大会より魔法大会に重きを置くのは当然と言えるが……

「ふふん、まぁそういうことだ。随分と悔しそうじゃないか。お前はそうやって指を咥えて偉大なる兄が大会で優勝する姿を眺めているがいい。それにお前にも父様は奴隷を与えてくれると言っているのだ。おお、そうだ。あのミタナという女がいいのではないか？　そうだそうするがいい。あの女がいればスワローだって必要なくなるだろう。代わりにスワローには私のお側付きにするというのはいかがですか、父様？」

「……それはまた別の話だ」

兄貴の言葉に、父上が答えた。姫様に飽き足らずスワローにまで手を出そうとしているのか、こいつは。

しかし、どうする？　いや、そんなことはわかりきっている。今はもう悪目立ちしたくないなどと言っている場合ではない。ただ、だからといって素直に忍法のことを話すわけにもいかない。今そんな話を持ち出しても、余計に話がこんがらがるだけだ。

考えろ。俺が使える忍法を、魔法ということで押し通せれば――いや、待てよ。

俺は隣のマガミと肩に乗っているエンコウを見た。そしてスワローと話した時のことを思い出す。

「父様、ならば僕は武術大会には参加しません」

「何？」

俺の宣言に、父上が眉をひそめる。

すると、兄貴がふん、と鼻を鳴らした。

「愚弟が。まるで駄々っ子のようだ。自分の欲しいものが手に入らないからと、むくれてそんなことを口にするとは。いや、実は大会で結果を残す自信がないから、これ幸いと辞退する気か？」

父上がそうなのか？　といった目を俺に向けてきた。だが、当然そんなわけがない。

「兄さんは何か勘違いしているようですが、僕はあくまで武術大会に参加するのをやめるといったのです。そして父様、代わりに僕を魔法大会に出させてください」

そうだ。そして手はこれしかないんだ。もう迷っている場合じゃない。俺は覚悟を決めることにした。

「な、何？」

「は？　はぁあぁあぁああ？」

父上は、本気なのか？　といった怪訝な表情を浮かべ、兄貴は眉と眉をくっ付くくらいに引き寄せ驚きの声を上げた。

この世界では誰しも魔力を持っているが、俺には存在しなかった。普通に考えたら、そんな俺が魔法大会に出るなどありえないにもほどがある話だろう。

だが、兄貴の姫様を奴隷にする条件が、魔法大会で優秀な成績を収めることだというなら、必然的に俺に残された手は一つしかなくなる。つまり――

「一体なんのつもりだジン？」

「言葉通りです、父様。僕は魔法大会に出ます。ですのでお願いします父様。僕がロイス兄さんよりもよい結果を残せたら、あの奴隷を僕に買ってください！」

俺は父上にそう申し出る。

すると兄貴が小馬鹿にするように笑い、口を開いた。

「これは驚いた。常々愚かな弟だとは思っていたが……父様、どうやら愚弟はついにおかしくなってしまったようだ」

「僕は正気ですよ。酔狂（すいきょう）でこんなことを言っているのではない」

「ふざけるな！　貴様には魔力がないのだぞ！　それなのに魔法大会に出たいだと？　馬鹿も休み

休み言え！」

兄貴が眉を怒らせて怒鳴り散らしてきた。俺が魔法大会に出ると口にしたのがよっぽど気に入らないらしい。

「……ジン、ロイスの言い方には棘（とげ）があるが、理解できる部分もある。魔法大会は当然だが魔法が使用できないと参加資格そのものが与えられない。ましてや大会までもう間もない状況だ。そんな時期に魔法も使えない子を参加させてくれとは、とてもではないが言えない」

「魔法が使えたらいいのですね？」

「何？」

父上が訝しげな顔を見せた。当然か。魔力のない俺が、ただ魔法を使えるといったところで信じられるわけがない。

忍法を魔法として見せるのはそう難しい話ではない。魔法書はある程度読んでいるから、詠唱についても多少理解している。

忍法の行使には印を結ぶ必要があるが、俺が印を結ぶ速度は速い。瞬（まばた）きしている間に三十印程度なら軽く結べる。口で魔法の詠唱をしながら高速で印を結び忍法を発動させれば、ごまかせるだろう。基本的に忍法の方が強力だから、威力はかなり抑える必要があるが。

だとしても理由付けは必要だ。魔力がない俺が魔法を行使できる理由——だからこそ、マガミやエンコウに協力してもらう。

以前スワローから聞いていたことを利用するのだ。

「実は僕、マガミやエンコウのおかげで魔法を行使できるようになったみたいなんです」

「ガウ？」

「ウキッ？」

マガミやエンコウが首を傾げるが、俺は目で合わせてほしいと合図した。事後報告みたいになってしまったが――

「ガウガウ！　ガウガウ！」

「ウキキィ！」

だがマガミとエンコウは俺の意図を理解してくれたようだ。やはり賢いな、マガミもエンコウも。

「二匹のおかげ――まさか！　従魔契約か！」

父上が目をカッと見開き、語気を強めた。流石に父上は敏いな。

そう、従魔契約。これなら上手く説明をつけられる。

「従魔契約だって？　まさかそんな馬鹿な！」

兄貴、かなり驚いているな。魔法の勉強を常にしている兄貴なら従魔契約についても知っていておかしくないか。

父上が独り言のように呟く。

「一般的に魔物と従魔契約を結んだ者を魔物使い、魔獣と契約を結んだ者を魔獣使いと呼ぶ。また、中には竜と契約を結ぶ者がいて、こういった者は竜使いと呼ぶが――しかし通常、契約を結ぶのは強大な魔力を持った魔法士だ」

へぇ、竜と契約してしまう魔法士もいるんだな。

「そうだ！　だからこそありえない！　こいつはそもそも魔力がないのだから！」

兄貴が苦々しい顔で俺に反論してきた。ここからはどう父上を納得させるかだ。

「僕も自分自身にわかには信じられないのですが、しかし、契約には例外もあったはずです」

俺がそう語ると、父上がふむ、と顎に手を添えた。

「確かに、魔物や魔獣と心を通わせることで自然と従魔契約を結べてしまったという逸話も存在する。ただ、これは噂レベルの話でしかなかったはずだが……」

「ですが、事実として僕は魔法が使えるようになりました」

「嘘だ！　デタラメばかりだお前は！　大体それなら何故今まで黙っていた！」

兄貴の言うことはもっともだ。だが、ここは言いくるめるしかない。

「申し訳ありません。僕も最近気がついたことで、なかなか言う機会がなかったのです」

「……ジンよ。もしそれが本当なら、契約した証としての紋章がどこかに刻まれているはずだが？」

え？　も、紋章？　そんなものがあるのか！

「も、紋章……というと、あれのことですか？」

「そうだ。早く見せてみろ！」

兄貴が問い詰めてきたので、咄嗟にそれっぽいのを忍法でお腹に刻み、服を捲って父上と兄貴に見せた。

「こ、これですか？」

「む、これは確かに契約の証のような……ならばマガミにも？」

「そっちも!?」

「は？」

「あ、いえ、確かにそうですね。マガミ」

「ガ、ガウ？」

「キキィ……」

エンコウとマガミが大丈夫？　という顔を見せたが、俺は三人に気づかれないよう素早く印を結んで両方に紋章を浮かび上がらせる。

「これです！　この部分を見てください父様」

そしてマガミやエンコウの毛をかき分けて父上に見せた。

「これは！　二匹にも同じ紋章が！」

「り、理解していただけましたか？」

「……銀狼が珍しいのも知っていたし、エンコウにしてもゴブリンロードを倒したくらいなのだから魔獣かもしれないとは思っていたが……しかしそうなると、二匹には何か特殊な力があるのか？」

「マガミは風を操れるようです」

「何？　だとしたら、魔獣マルコガルミの可能性があるということか！」

父上が興奮したように口にし、俺の両肩をぐっと掴んできた。

奇跡的に、マガミの特徴に合致する魔獣がいたようだ。それにしても、マルコガルミか……偶然だけど、略したらマガミになるな。

「すみません。僕にはマガミがどんな魔獣なのかはわかりません。ですが、特別な何かがあるとは思っています」

「そ、そうか。それは、そうだろうな。お前はその魔獣を見たことないだろうし」

落ち着きを取り戻した父上は、俺の肩からそっと手を放した。若干取り乱していたようにも感じる。もしかしたら、魔法士にとって魔獣というのは何か特別な存在なのかもしれない。

ともかく、父上は納得しかけている。ここは追撃すべきだと考え、俺はさらに言葉を続ける。

「エンコウも見ての通り魔法らしき力で小さくなれますし、魔獣の可能性は高いでしょう」

「うむ、確かに……」

「キキィ！」

エンコウが肩の上で立ち上がり腕を組んで得意になった。エンコウは結構調子がいいからな。

「父様、騙されてはいけません！　それはそいつが口からでまかせを言っているには他ならない！その紋章だって偽物に決まっている！」

ここで兄貴が異を唱えた。バカ兄貴にしてはいいところをついている。確信はないんだろうけど。

「大体魔法を使えるなんて、口で言っているだけではありませんか！」

「ロイスの言うことにも一理ある。ジン、そこまで言うからには、魔法は見せられるのか？」

「必要ならば」

「ふむ……支配人。ここで魔法を試すことは可能か？」

「はい。裏庭に出ていただければ。護衛のための奴隷を買うお客様もいますので、実力を試せるものは一通り用意しているのです」

その後、俺たちは姫様を残して、支配人の案内で裏庭に出ることに。

「その、ここでの奴隷はどのように過ごしているのですか？」

俺は前を歩く支配人に聞いてみる。姫様はしばらくはここにいてもらうことになる。そのため、生活ぶりが気になった。

「奴隷市場などで扱われる奴隷はまとめて檻に入れられたり劣悪な環境に置かれることも珍しくありません」

……もし姫様がそのような環境に置かれるとあったら俺は黙っていられないかもしれない。

「ですが、うちの商館では気を遣って奴隷を扱っております。奴隷が傷物になったり病気にかかったりしては意味がありませんので、清潔な部屋を与え食事も与えています。本来なら……あの奴隷の着ているものもなんとかしたいのですが、それはどうしても譲ってくれないので。ただできるだけストレスは与えないよう努めております」

それなら、まだよかった。この男が嘘を言っているようには感じない。それに実際、建物は中も綺麗だ。毎日掃除をしっかりしている証拠だろう。ただ、気になる点はまだある。

「……さっきみたいに手を出すことは？」

「あ、あれは、本当に申し訳ありません。あそこまで抵抗する奴隷はなかなかおらず、つい……ですが予約をいただいた以上、今後は絶対に気をつけますので」

「ふん、当然だな。私の奴隷だ。乱暴に扱われては困る」

兄貴め。まるで自分のものと決まったかのような言い草だ。

しかし、この調子なら大丈夫か。奴隷はこの支配人にとって大事な品物だ。予約のこともあるし、姫様は一旦は大人しくしてくれそうだな。もう手荒なことはしないだろうと思う。

「こちらです」

支配人に連れてこられた庭はそれなりの広さがあり、矢や投擲(とうてき)武器用の的の他に、試し斬りのできる木偶(でく)が揃っていた。

「ここでなら魔法の試し撃ちも可能でしょう」

「無理を言ってすまないな」

「いえいえ、今は場所も空いてますから」

父上がお礼を述べると、支配人は笑みを浮かべた。

確かに他には誰もいない。しっかり壁に囲まれているから、誰かに見られる心配もなさそうだ。

「それでは早速試してもらおうと思うが、その前に一度マガミの力を見せてもらえるか？」

「わかりました」

従魔契約による魔法は、魔獣の力を契約者が借り受けているものだと聞いた。肝心のマガミにその力がなければ意味がない。

「頼んだぞマガミ」

「ガウ！」

「わかりました。では、こちらの的に――」

「ガウガウ！」

支配人が試し撃ちできる的を教えようとしたが、しかし一足早くマガミは前足を振るい、正面の木偶に風の乗った爪撃(そうげき)を飛ばした。

スパァアアアアン！　と快音が鳴り響き、爪の形に沿って木偶が寸断され、地面に転がる。

「うぃいいぃいいぃいいぃいぃいッ!?」

「な、なんとこれほどまでとは！」

「し、信じられません……」

なんかみんな驚いているので、俺はつい聞いてしまう。

「え？　これで？」

「うん？」

「あ、いえ、な、なんでもないです。はは、凄いぞマガミ」

「クゥ～ン、クゥ～ン」

危ない危ない。気持ちが声に出てしまった。父上がこっちを見てきたが、マガミを撫でてごまかす。

それにしても、まさかあんな木偶を切った程度でこの驚きようか。兄貴なんて顎が外れんばっかりに口を開けて驚いていたし。支配人も父上も目を白黒させているよ。

「うむ、しかし凄い風魔法だ。すまんな。木偶をあんなにしてしまい」

「い、いえいえ、少々驚きましたが替えはありますので」

木偶そのものは備えがあるらしい。特に弁償の必要もないようだ。

「は、はは。なるほどその狼は少しはやるようだが、問題はお前だ！　魔力のないお前に本当に魔法が使えるというのか！」

「では試しますね」

気を取り直したのか、挑発っぽいことを兄貴が口にしているけど、気にせず俺は魔法という体（てい）で忍法を行使することにする。

マガミが風魔法を使う以上、俺の忍法も風で行くべきだろう。問題は威力だ。マガミのあれであんなに驚かれているなら、こっちもそれなりには抑えておかないと。

俺は木偶ではなく的を狙うようにする。的は間隔を置いて横並びに五つ並んでいた。その内真ん中のものを対象とするため、的の正面に立つ。

「待てジン、杖を――」

「我が手に募れ、風の導き、示せ威力、風は刃と変わり――」

魔法ということにするために、詠唱を忘れない。俺にとってはまったく意味のないことだが。

その間に手で印を結んだ。一瞬のことだったので、他のみんなは見えなかったはずだ。

「ウィンドカッター！」

――シュパァアアアアアアアアン！

「あ――」

「な!?」

「ひぎゅぅういいぃいぃいいいいッ!?」

「ま、的がいっぺんに――」

し、しまった。手加減したつもりなのに横に並んでいた的が五つまとめて両断された。

くそ、なんだあの的、脆すぎだろ！　そしてみんなも驚きすぎだ。兄貴なんて目玉が飛び出るくらい目を開いて、顎が外れて鼻水が噴き出ているぞ。面白すぎだろ。

「え～と……あ、そういえば父様、何か言おうとしてましたか？」

「……杖を持っていないようだったから、貸した方がいいかと思ったんだがな……」

しまった。そういえばこの世界では基本、魔法の効果を上げるために、杖を介して魔法を行使するんだった。

父上の目が疑いの眼差しに変わっている気がする。これはまずいか？

「……まさか、魔力のないはずのジンがここまでできるとは、マガミはやはりそれほどまでの魔獣ということか」

だがしかし、父上の出した答えは俺にとって実に都合のいいものだった。よ、よく考えてみれば、いくらちょっとやりすぎたとはいえ、これで俺の正体が疑われるなんてことがあるわけないか。

とにかく俺は上手くこの考えに乗っかることにする。

「は、はいそうなのです！　マガミが凄いみたいで。はは、凄いなマガミ〜」

「ガ、ガウ？」

マガミが少し戸惑っているが俺はマガミを撫で回してごまかしておいた。

「しかし、的を全て一刀両断って、一つでもそう簡単に壊れるものじゃないのですが……」

支配人の言葉に、兄貴が鼻水を出したまま反論する。

「そ、そんなの、あの的が劣化していたからに決まっているだろ！　ガラスの件だってある！」

「な、なるほど。これは大変失礼しました！」

「うむ、そういう可能性もあるか……色々偶然が重なったのかもな——」

父上は納得してくれたようだ。あまり大きな話にならなくてよかった。

続いて父上は、エンコウの方を見る。

「エンコウも何かしら魔法が使えるのか？」

「ウキキィ！」

エンコウが任せろと言わんばかりに胸を張った。

「ま、待ってください！　流石にこれ以上壊されるのは、その——」

しかし、支配人から待ったがかかった。確かに結構壊してしまった。悪いことをしたかも。

「ふむ、それなら仕方ない。どちらにせよマガミの力はわかったしな」

「ウキィ……」

父上はマガミだけでも納得はしてくれたようだ。エンコウは残念そうだけど。

「父様、これで納得していただけましたか？」

「む……」

とにかく、今は余計なことを考えさせたくはない。畳みかけるように父上に許可をもらえるよう投げかける。

「ちょ、ちょっと待った。的が劣化していたにしても、やっぱり何かがおかしい。杖もなしにこんな、こんなの……ありえないだろう！　絶対何か卑怯な真似をしたに決まってる！」

「え？　兄さんにも無理なのですか？」

「は？」

俺の発言に、兄貴が明らかにイラッとした顔を見せる。

「才能が有り余っている兄さんなら、僕ができる程度のことは余裕なのかと思ってましたが」

これはちょっとした意趣返しだ。挑発とも言えるが。

「そ、そんなの当然だろ！　私を誰だと思っている！」

「うん。そうですよね、よかった。というわけで父様、僕が特別凄いというわけではないようですが、魔法が使えたのは事実です。どうか魔法大会に」

「大会にか……」

父上が考え始めた。少なくともまったく脈がないってことはない。よし、もうひと押しだ！

「はい。それに父様、僕には褒美の件があります。それをここで行使させてください。大会に出ることを褒美としてお願いします！」

まだ迷いが拭(ぬぐ)いきれていない父上に、僕は褒美の件を持ち出してまくし立てた。

「……そこまで魔法大会に出たいのか？」

「はい！」

「父様、お待ちを！　そんな一方的な話、私は納得できません。魔力のない者が魔法大会に出ることがそもそもおこがましいと言うのに、条件まで提示するとは」

「自信がないのですか兄さん？」

「な、なに？」

「今さっき、兄さんは僕がやった程度のことは余裕だと仰っていたではありませんか。それであれば僕のことなど気にかける必要はないのでは？　それともさっきのは嘘で、本当は内心焦っているのですか？　確かにエイガ家期待の星の兄さんが、落ちこぼれと言われている僕に負けたら赤っ恥でしょうから、逃げたくなる気持ちもわからなくないですが――」

「ふ、ふざけるな！　誰が貴様なんぞに焦るか！　逃げるだと？　冗談じゃない！　だったらこの私が大会でお前より遥かに優秀だと証明してみせる！」

　よし、言質（げんち）は取ったぞ。これで俺が大会に出るのを止めることはできない。

「うん、言いましたね兄さん。父様、兄さんもこう言っていますから、お願いします」

「え？　あ――」

　兄貴が口をつぐみ、悔しそうに奥歯を噛み締めた。

　上手いこと乗ってくれた。これで兄貴はこの条件を呑むしかなくなる。あとは父上だが――

「……わかった。ただ、あくまで私からジンを魔法大会に出してもらえないか頼んでみるだけだ。叔父上とは、丁度明日会うしな」

「勿論それで結構です」

「念のために言っておくが、許可が出るとは限らないぞ。私に大会の参加者を決める権限はない」

　それはわかっている。ここでどうこう言っても、あの大叔父が認めるかは別の話だ。ただ、父上の許可が出ただけでも話は好転したと言える。

大会には必ず出なければならない。そこで俺は、父上にこうお願いした。

「そうですね……もしあの人が渋るようなら、今のようにいくらでも試験してくれて構わないと伝えていただけますか？」

「……そこまでしてか。わかった。それも含めて話してみよう」

俺との話が終わった。約束もしてもらえた。とりあえず姫様を助けるのに一歩近づいたな。

続いて父上は兄貴に語りかけた。

「それとロイス」

「はい、なんでしょうか」

「……あまり弟を舐めていると足を掬われるぞ。大会に向けてお前も気合を入れ直すことだ」

「はは、父様もおかしなことを。私が愚弟に負けるなんてことはありえません。むしろ調子に乗らぬよう苦言を呈すべきは、弟に対してかと思いますが」

「……ま、油断はしないことだ」

そして父上はそのまま奴隷商との手続きに入った。予約という形になるので、書面のやり取りがあるようだ。

「お前、まさか本気で私よりいい結果を残せると思っているんじゃないだろうな？」

父上が手続きのために一旦別室に行くと、兄貴が憎々しげに俺に語りかけてくる。

「まったく自信がなければこんな真似しないでしょう？」

「……ふん。万が一お前が参加することになるとしても、予選からだ。そして予選であっさり敗北し、恥晒しの汚名を残すだけさ」

「そうならないようにせいぜい頑張ります」

「ガウガウ！」

「ウッキィー！」

俺の発言に続くように、マガミとエンコウも元気よく鳴いた。

「……チッ、父様もどうかしてる。こんな駄犬が魔獣なわけあるかって」

「兄さん、狼です」

「どっちでもいいんだよそんなの！　あと、そっちの猿もだ！　何が魔獣だ。ただの野猿だろ、馬鹿らしい」

「ウキィ！」

「ギャッ！」

エンコウが兄貴を引っ掻いた。兄貴は悲鳴を上げて睨みつける。

見たところ傷は大したことないんだけどな。大げさな奴だ。

「何を騒いでいるんだ、お前たちは」

兄貴を適当にあしらっていると父上が戻ってきた。予約に関する手続きは終わったようだ。

「ジン、ロイス、念のため言っておくが公平を期すために大会の間はあの奴隷との接触は禁止だ。

支配人にも伝えてある。わかったな?」

あ、釘を刺されてしまった。

「ふん、そういうのは弟に言っておくべきでしょう。こそこそ何をしでかすかわからないしな」

「そんなことしませんよ。約束は守ります」

兄貴がわりと鋭いことを言ってきたが、俺はひとまずそう答えておく。

「さて、これで手続きも終わったがお前たちはどうする?」

「それなら、僕はちょっと町を見てきます」

そう言うと、兄貴は鼻で俺を笑う。

「ふん、呑気なものだ。そうですね、私は図書館にでも行くとしましょう。魔法書の類が豊富にあると聞きますから。愚弟と違って私は真面目なので」

あてつけのように言ってきた。いちいち嫌味を絡めないと、ものが言えないのかこいつは。

そして俺たちは一旦そこで解散することとなった。父上が小遣いを渡してくれた時、兄貴に散々嫌味を言われたが適当に流しておく。

さて、あとは父上が明日、大叔父を説得してくれればいいわけだ。

ひとまず時間ができたな。このあとどうしようか。図書館には興味があるが、兄貴がいるとわかったからな。絶対に行かないでおこう。

そうだな、せっかく小遣いももらったことだし、何か買い物でもしようか。

そう考えて、俺はマガミとエンコウを連れて市場に向かった。

タラードの町は人の行き交いが盛んな町だ。市場近くに来ると往来にはたくさんの人が歩いていた。通りには露天商も見られる。アクセサリーを売ってる商人も多いな。

「ぼっちゃん！　どうだいこのブローチは」

露店に並ぶ品をチラ見しながら進んでいると一人の店主に声をかけられた。肩幅が広く腕も太い。商人というより戦士といった風貌の男だ。

「さぁどうだい！　今買わないとすぐに売り切れるよ！　一流の職人が作った掘り出し物だ。なんとこれだけの品がたった大銀貨一枚だ！」

威勢よく勧めてくるが、これが一流？　作りが粗(あら)いし材料の質も三級だ。こんなの精々、大銅貨五枚分程度の価値だろう。まったく、とんだぼったくりだな。

「悪いけど急いでるので」

「そう言わず。ほら、こっちの指輪もルビーがついて大銀貨二枚！　どうだい坊っちゃん？」

やれやれ、しつこい男だな。

俺は現在、それなりの格好をしている。だから貴族の子どもと察して食い下がるんだろう。

どっちにしろここに並んでいる品は、どれもこれも売値と質が噛み合ってないものばかりだ。たとえ金に余裕があったとしても買う価値はない。

「……何これ」

しつこい売り込みに辟易していると、隣に立っていた少女が怪訝そうに呟いた。その手には赤い輝石の嵌められた指輪がある。

被っていたフードから、銀色の髪がわずかに飛び出ていた。年は俺と同じくらいかな。燃えるような紅の瞳でまじまじと指輪、というよりは指輪に嵌まった石を見ている。

「いやいやお目が高い！　それは精霊石の嵌まった指輪でね。サラマンダー石と呼ばれる特殊な代物。勿論掘り出し物だ！」

精霊石――文字通り精霊の力が宿ったとされる石だ。採れる場所が少なく、本物なら確かに相当高価なはずだ。

「……こんなものが精霊石なはずがない。精霊に失礼。お前、恥知らず」

う、うわぁ～。はっきり言ったよ、この子。見た目もキツそうだけど、実際いい性格してそう……って、へ？

な、なんか、んしょ、んしょっと赤い蜥蜴がよじ登ってきて、少女の肩に乗ったと思ったらボッボッと火を吐き出したぞ。なんだあれ？

「てめぇ！　ふざけるなよ！　イチャモンつける気か！」

すると、店主が怒った調子で言った。何故か蜥蜴にはまったく気づいていない様子だ。

「……事実を言ったまで。その辺の石ころを磨いて色を塗っただけで精霊石とは、馬鹿にするにもほどがある。こんな店では何も買ってはいけない」

少女の口から批判の言葉が次々と飛び出し、品を見ていた他の客はそそくさと立ち去っていった。

「て、てめぇ、さては他の店に頼まれてうちの商売の邪魔をしに来たんだな！」

店主は怒り心頭といった様子だ。まったく面倒な現場に居合わせてしまったものだ。

「おい、もうその辺にしておけって」

仕方ないので女の子に声をかける。宥めてここから離そうと思ったからだ。彼女の言ってることは正しいが、だからといってそう喧嘩腰では自ら厄介事を呼び起こしているようなものである。

この店は確かにぼったくりだが、それなら買わなければいいだけというのが俺の考えだ。こういった人が集まる場所には上手く騙して儲けようというのは必ずいる。日ノ本でもそうだった。そんなのにいちいち腹を立てていたらキリがない。

「……なんだお前。関係ないなら引っ込んでろ」

「は？」

「ウキィ」

「ガ、ガウ……」

少女の攻撃的な反応に、俺もそしてマガミとエンコウも戸惑ってしまった。

「一応注意してあげたつもりなんだが」

「……そんなの頼んでない。それにお前、さっき騙されそうになってた。お前みたいな客がいるからこういう馬鹿が調子に乗る」

む、今の言葉にはカチンと来た。

「はぁ～？　ふざけるなよ。誰が騙されたんだ、誰が。ここに並んでる品が値段に合ってないガラクタばかりだってのは、俺だってわかってたんだよ。こんなもの買うやつの気が知れないって思っていたくらいだからな」

「……どうだか。あとでならなんとでも言える」

「お、お前なぁ。だったら教えてやるよ。たとえばそこの金貨二枚だなんてふざけた値段のついた装飾品は、メッキでごまかした三級品以下の鉄くず。価値なんて銅貨三枚分も怪しい代物で、そっちの――」

「あ……」

その時、店主が俺の肩に手を置く。顔を見ると、額に青筋が浮かんでいた。

「よしわかった。お前ら揃ってグルだったわけだな。うちの商売を邪魔しようとして」

やば、つい調子に乗って言いすぎた。店主が凄い形相をしているぞ。

「ガキども、本当にいい度胸してるな」

俺は隣の少女に向かって言う。

「……お前が余計なことを言うからだぞ」

「……私は間違ってない」

「正しいことを言えば全てがよくなるわけじゃないんだよ。大体ここだけじゃない。向こうはガラクタのナイフを切れ味抜群とか言って高値で売ってるし、そこの奴は見た目だけで中身の伴ってない鞄を口先三寸で客に売ってるんだ。こういう市場ではそんなのがまかり通っているんだよ。それにいちいち文句を言って回るのか？」

「……どうでもいいけど、囲まれてる」

「へ？」

「クゥ～ン……」

「キキィ……」

気がついたら、露店の店主たちがやってきて俺たちを囲んでいた。しまった、興奮しすぎて声が大きくなったか。マガミとエンコウも呆れ顔をしている。

「さっきから聞いてりゃ俺らの商売にまでまとめてケチつけるとはいい度胸だな」

「子どもだからって甘く見てやってりゃ、つけあがりやがって」

「おい、お前らちょっと裏までこいや」

「はぁ……」

なんてこった。俺は目立たずひっそり暮らせればそれでいいのに、どうしてこう厄介事が向こうからやってくるのか。こんなことなら露店なんて見ていないでとっとと通り過ぎるんだった。

「おい、どうするんだよ？」

「……来いと言うなら行くまで」

「ば、馬鹿！　どうみてもただじゃ済まないぞ！」

「……問題ない。この程度の連中ならすぐに片付けられる」

お、おいおい。なんだこの子。見た目は可愛らしい女の子なのに、考え方が脳筋すぎるだろう。

「あん？　ガキのくせに片付けるだと！」

「もう許しちゃおけねぇ！　ガキだからって調子にのりやがって！」

ほら見たことか。ゴロツキみたいな連中が一斉に顔を赤くさせて怒りだしたぞ。喧嘩腰すぎるんだよこいつ。

仕方ない。ここは一つ、俺が丸く収めてやるか。

「まぁまぁ、ここはほら、僕たちもまだ子どもってことで。いい大人が子ども相手に本気になるのはみっともないですよ。見た感じ、頭で物事を考えるのが難しそうなのはわかりますが、ここは冷静に、ね？」

「舐めてんのかテメェ！」

「お前みたいなガキが一番腹立つんだよ！」

「くっ、ここまで言ってもわからないのか、こいつら！」

「……いや、どう見てもお前の方が喧嘩売ってる」

「ガ、ガウ……」

「キィ～……」

何故だ！　こんなにも無難に済ませようとしているのに、逆に怒らせてしまったようだぞ。

「まったく、そんなところでいい大人が子どもを囲って何をしてるのかしら？」

怒り心頭の男たちをどうしようかと考えていると、背後から声がかかった。振り返って確認すると厳しい髭面の男性が近づいてきている。

髪も髭も濃い茶色をした男だ。鍛え上げられた体つきをしていて肩は盛り上がり、革の鎧を身に着けているが、バキバキに割れた腹筋が露わになっている。

「え？　……お、おい、あいつマシムだよな？」

「そ、そうだ。見抜きのマシムだ」

「や、やべぇ――」

周囲の連中が口々に囁き始める。全員、あの男に一目置いている様子だ。マシムという名前らしいが、有名人なのか？

だが、最初に怒らせた店主は男性を知らないらしく、怒鳴りつける。

「あん？　チッ、次から次へと、なんなんだテメェは！」

「あら、ごめんなさいね。職業柄困ってる人がいたら放っておけないのよ」

このマシムって男、最初に声をかけてきた時から思っていたが、口調が少し変わってるな。

「なんだテメェ。女みたいな喋り方しやがって」

店主も同じことを感じたようで、マシムに指摘した。

「あらごめんなさい。うちは女が多かったから自然とね」

マシムはそう言いつつパチンッとウィンクした。店主が肩を震わせる。

「妙な野郎だな。とにかく関係ないなら引っ込んでろ！」

「職業柄、こういう揉め事は放っておけないのよ。それに私、これでも子ども好きで通ってるから。それで、何をそんなに揉めてるの？」

マシムが俺ともう一人の少女を交互に見ながら問いかけてきた。説明は俺たちからしろってことか。

すると、少女が語り始める。

「……この男がまがい物を精霊石と偽(いつわ)って売っていた。だから文句を言った。本当のことを言っただけ。なのに急にキレだした」

「なるほどね。合ってる？」

少女から説明を受け、今度は俺に尋ねてきた。

今更取り繕うのも変かと思い、俺は本来の口調で答える。

「大体そんなところだな。付け加えるなら、俺はここの商品はまがい物ばかりとつい正直に話して、より怒りだしたってところだ」

「ふ～ん――」

相槌(あいづち)を打ちながら、マシムが自分の右手の甲をチラリと見た。あの甲、何かが刻まれているな。

「このガキ！　ふざけたことばかりいいやがって！」

「シャラップ。あんたからも話を聞くから黙ってなさい」

俺と少女の説明が気に入らなかったのか、腕まくりをして店主が近づこうとするが、マシムが声を上げ制止する。

「てめぇ、いい加減にしろよ！　何様のつもりだ！」

「私は冒険者よ。だから見過ごせなかったの。わかった？」

「な、冒険者だって？」

その言葉に店主がたじろぐ。

冒険者――得心がいった。それならこれだけ鍛え上げられているのもわかる。

店主に向かってマシムが言葉を続ける。

「さて、次はあなたね。随分と手荒な真似をしようとしていたみたいだけど、ちょっと大人げないんじゃないかしら？」

「こ、こっちは商売の邪魔をされたんだぞ！　子どもだからって甘い顔したら、つけあがるだけだと思って大人として説教しようとしただけだ」

「あらそう。それじゃあその大人のあなたに質問よ。この子たちの言ってることは本当かしら？精霊石の偽物を本物と偽り、まがい物ばかり売ってるの？」

「馬鹿言え、全部本物だよ！　うちはお客様第一で利益度外視でやってんだ！　それをこいつらが――」

「はい嘘」

「……は？」

怒鳴り散らす店主を遮（さえぎ）り、マシムが断言した。

店主は目を白黒させ、気を取り直したように怒鳴る。

「意味がわからんぞ！　なんで俺が嘘だなんて！」

「私、刻印（ルーン）使いなの。そしてこれが真実の刻印（ルーン）」

マシムが自分の右手の甲を店主に見せつけながら言った。聞いていた店主は目を瞬かせていた。

「ル、刻印（ルーン）だって？　そういえば何か光ってる――」

「そう。この刻印（ルーン）は相手が嘘をついたら光るの。つまりこれが光ったということは、あなたが嘘をついた証よ」

マシムがはっきりと言った。段々と険しい顔になっていく。

しかし、刻印（ルーン）――そんなものがあるのか。俺の知識にはないものだ。

だが、店主はなおも認めようとはせず、怒鳴り散らす。

「そ、そんなの信じられるか！　そもそも、お前の方が嘘を言っている可能性もあるだろう！」

「悪いけど私はギルドマスターという立場柄、そんなくだらない嘘はつかないわ」

「ぎ、ギルドマスターだって！」

これはまた驚いたな。マスターってことは冒険者ギルドの頭目ってことか。

「見たところ、あなたはまだこの町に来て日が浅いみたいね。私、これでも結構名が知られている方だし」

マシムが肩を竦める。そこで俺は、周囲の声に聞き耳を立ててみた。

「マシムの前で嘘をつくなんて馬鹿なやつだ」

「明らかに新参者だったからな。不運な奴だ」

なるほど。マシムが出てきた時点でこの男以外そそくさと離れていった理由がわかった。嘘を見破る力があるなら、客を騙して高値でガラクタを売っているような連中には分が悪いだろう。

マシムは店主に向かって言う。

「さて、どうするの？　私としてはあなたをこのまま商業ギルドに突き出してもいいけど。それとも――」

「わ、わかった！　取り消す！　その子どもたちにも何もしねぇよ！　だから許してくれ」

「あらそう？　それならいいのよ。よかったわね、あなたたち」

ぼったくり商売をしていた店主は品物をまとめ、場所を空けて去っていった。結果的にあくどい露店が一つなくなったな。

「ちなみに、似たようなことをした連中が他にもいるなら、どこかで急に調査が入るかもしれないから精々気をつけることね」

マシムの言葉に、逃げるように去った男を小馬鹿にしていた連中の顔も急に青くなり、品物を入れ替えたり、店じまいする者も増えていく。

どうやらこのマシムは、なかなか影響力がある男であるようだな。

「何事もなくてよかったわね。でも駄目よ。正義感が強いのは悪いことじゃないけど、あなたたちはまだ子どもなんだから、わざわざ危険を犯すような真似をするもんじゃないわ」

マシムが諭すように言ってきた。彼からすればまだまだ俺たちは幼い子どものようなものだろう。

するとと、少女はむっとした表情で言う。

「……別にあの程度、私だけでもなんとかなった」

「おいおい、一応は助けてもらったんだからもう少し言い方があるんじゃないか？」

「……確かにそれはそう。そこは感謝する。ありがとう」

うん？　なんだ、意外と素直なところもあるんだな。そして肩では赤い蜥蜴が元気よく火を噴いていた。

俺も一応礼を言っておくか。

「こっちも面倒事を避けられて助かったよ。ありがとう」

「ガウガウ」

「キキィ」

「あらあら。随分と可愛らしいペットを連れてるのね。でも、銀狼と猿ね……ふ〜ん」

マシムはマガミとエンコウに興味を持ってる様子だった。そして視線が俺に移る。

「私はマシム。今さっき話したけど、冒険者ギルドのマスターをやってるわ。せっかくだし名前を聞いてもいい？」

「……私はマグノリア」

「俺はジンだ」

「マグノリアに……ジンね。ふふ。そう、あなたが」

うん？　マシムが俺の方を見て口元を緩めた。なんだ、まるで俺を知っているかのように？

「え〜と、どこかで会ったっけ？」

「いいえ、会うのは初めてよ。でも——」

「マスターー！　どこですか！　もう本当にどこ行っちゃったのよ！」

マシムが俺の問いに答えようとした時、女性のそんな叫び声が聞こえてきた。

マシムが、やばっ、と一言漏らす。

「ごめんね。ちょっと私も用事を思い出したから、またそのうちね！」

そしてマシムは駆け足でその場から立ち去ってしまった。まったく慌ただしいことだな。

「一体なんだったんだろうな……って、あれ、いない？」

「ガウッ！」

「ウキィ！」

マガミとエンコウが訴えている方を見ると、既にマグノリアという少女は離れた位置にいて人混みの中へ消えていった。こっちはこっちで愛想のないことだな。

しかしあの蜥蜴はなんだったんだろう？　なんだか愛らしい外見ではあったけれど。デトラが喜びそうな姿だったな。

まぁいいか——俺は俺で買い物の続きと行こう。

「さ、行こうか」

「ガウガウ！」

「ウキキィ！」

そして俺はエンコウとマガミを連れて市場を見て回るのだった——

その日の夜。

俺とエンコウは父上との約束を反故にして、気配を消して奴隷商館に忍び込んだ。今回はマガミは留守番だ。今のマガミの大きさだと、忍び込むのは難しい。

父上との約束を破ることになるのは心苦しいが、接触禁止と言ったわけだから触らなければいいだろうという屁理屈を通すことにした。そもそもばれないようにするけど。

警備している腕利きっぽい男もいたが、気配を消した俺やエンコウに気づくことはなかった。

姫様の気配はよく覚えているから、場所に関しては問題ない。何せ転生前は、長いこと側で仕えていたのだから。

部屋の前には黒い服を来た男が立っていた。だが問題ない。天井裏に潜り込み、そこから直接部屋に向かう。

う〜ん、久しぶりに忍者っぽいことをしているな。転生前も任務でこうして忍び込んだものだ。

忍者が天井裏に忍び込むことはよくある。未熟な者が「曲者め！」と槍で突かれて大怪我を負ったり死んだりするなんてことも日常茶飯事だった。ここではそんな心配はなさそうだけどね。

さて、姫様のいる部屋の天井まで来た。点検用に開く場所があるな。鍵がかかってるけど、この程度ちょちょいのちょいで……よし、開いた。

「下りても静かにな、エンコウ」

「ウキッ」

そして俺とエンコウは天井裏から部屋に降りたわけだが。

「……は？」

『あ――』

そこには着物をはだけさせて布で体を拭く姫様の姿があった。

『な、なな、な！　お、乙女の肌を、ぶ、無礼者！　出会え！　であ――むぐぅ!?』

『ちょ、静かに！』

姫様が叫びだしたので、すぐさま近づき口を塞いだ。接触禁止の約束がこれで完全に破られた。

『むぐぉ〜むぐぉ〜！』

『落ち着いてください。その、急に入ってきたのは悪かったですけど、少しでもあなたの助けになりたいと思って今後のことを話に来たんです』

『むぐ、むぐぉおおぉおお！』

手足をバタバタさせていた姫様だったけど、俺が説得すると聞く姿勢を取る気になったのか大人しくなった。

『手を外しますけど、絶対に大声を出さないでください。いいですか？』

コクコクと姫様が頷いた。ふぅ、とりあえず納得してくれてよかった。嘘はついてなさそうだし、手を外しても問題ないだろう。俺は長年姫様の護衛についていたから、それくらいはわかる。

『なら、外しますね――』

俺はゆっくりと姫様の口から手を放そうとしたのだけれど。

――ガブッ！

「――ッ！」

姫様が俺の指に噛みついてきた！　な、なんてこった、油断していたから割と痛い。

『ふん、肌を勝手に見たことはそれで勘弁しておいてやるのじゃ。それと、妾がいいというまでこっちを見るでないぞ』

膝をついて手を振っていた俺に姫様の声が届いた。

俺は床に視線を落としながら姫様の許可を待つ。その間、布の擦れる音が聞こえていた。着物を直しているのだろう。

『……しかし、お主の連れている猿は可愛いのう。お主、名前はなんというのじゃ？』

「キキィ」

姫様がエンコウに興味を持ったようで、エンコウは鳴いて俺の肩から離れる。姫様の方に移動したのだろう。

『ふむ、キキか。よ～しよしよし』

姫様とエンコウの楽しげな声が聞こえてくる。いや俺、頭下げっぱなしなんだけど。それに名前も違うし。

『いや、名前はエンコウですよ。それよりもう頭を上げても？』

『ふむ、まぁいいじゃろう。面(おもて)を上げい』

姫様の許可が出たので言われた通り顔を上げる。

『はは、このこの、ういやつじゃ』

「キャッキャッ」

そこには、この短時間の間にすっかり姫様に懐柔されたエンコウの姿があった。もふもふされて凄く喜んでるよ。なんなら俺にだって見せたこともないようなはしゃぎぶりだ。

『凄いですね。もうエンコウが懐くなんて』

『ふふん、妾は動物が大好きなのじゃ。動物の心を掴むのにも自信がある』

確かに、前世でも姫様は鳥にも獣にもよく懐かれていた。

『あ、そうだ。これ、よければお土産です』

『うむ？　おお！　これは葡萄（ぶどう）か！』

姫様が目を輝かせた。市場を見て回ったのは姫様への差し入れを探すためでもあった。奴隷とはいえ食べ物はしっかり出されているという話だったが、食べるのが好きな姫様には足りない可能性が高かったしな。以前は果物もよく食べていたし。

『お主、気が利くのう。しかし、葡萄かと思ったが、何か変わってるのう？』

『グレップルという果物ですよ。房（ふさ）に実ってるのは小さなりんごです』

『なんと、これが全てりんごなのか！　これは驚きなのじゃ！』

姫様が小さなりんごを口に放り込み、幸せそうに目を細めた。

『むぅ、これは甘酸っぱくて美味なのじゃ！　しかし、お主が来てくれたのはよかったかもしれぬ。何せ他の連中は誰一人妾の言葉がわからぬようだし、連中の喋っていることもさっぱりわからないのじゃ。一体ここはどこなのだ？　日ノ本ではないのか？』

姫様が聞いてくる。今、俺たちは元の世界の言葉で会話をしているからね。

『……残念ながらここはその日ノ本という国ではございません。まずはそこからご説明しますね』

そして俺は姫様にこの世界についての情報を教えてあげた。この世界での俺の立場も含めてだ。

ただし、俺が刃だということは伝えないでおく。前世で姫様を守れなかった俺が、どの面を下げて名乗れるというのか――

続いて、姫様がいた国について話を聞かされた。当然俺はそれを知っているわけだが、知らないふりして聞いておく。

お互いの情報交換が終わり、姫様が口を開いた。

『うむ、つまり妾は日ノ本とは違う国に来てしまったということかのう？』

『そうですね……この場合、国で済む話か、といったところですが。カグヤ様のいた世界に魔法はなかったのですよね？』

『うむ、魔法なんてものはなかったのじゃ。ところで、妾は自分の名前を名乗ったかのう？』

『い、言いましたよ。嫌だなぁ』

『そ、そうか？　ふむ……』

言ってなかったよ。今の俺が姫様と呼ぶのはおかしいなと思って、ついそう呼んでしまった。なんとかごまかせたけど。

『しかし、魔法はなかったが忍法はあったぞ？　お主の言う魔法士というのは忍者ではないのか？』

『いえ、おそらく違うと思います。こっちでは魔力を利用して魔法を使いますが、忍法は違うんですよね？』

『うむ、刃はチャクラを使うと言っておった。刃の忍法は凄かったのじゃぞ！　かつて妾が山で百万の兵に囲まれた時も忍法で一瞬にして殲滅したのじゃ！　その場にいた将軍も瞬殺じゃ！』

姫様、それは話を盛りすぎです。実際は一万の盗賊だし、倒したのは盗賊の頭だ。落ち武者が賊化したもので、頭もかつては千首落としという異名を持った武将だったけど。

『とにかく、刃は凄かったのじゃ。お主と同じ名じゃが、お主とは大違いでかっこよくて頼りがいがあって背も高くて大人だったのじゃ……って、何かお主顔が赤くないかのう？』

『き、気のせいですよ』

思わず目をそらした。前世の俺を姫様は持ち上げすぎだ。

『ただ、それであればやはり、信じられないことかもしれませんが、あなたがいた場所とは世界そのものが違うのだと思います』

『せ、世界？』

姫様が首を傾げた。まぁ、いきなり世界が違うと言ってそう簡単に理解できるわけがないな。

『むむ、異なる世界ということか。そんなことがあるものなのか？』

『僕にもよくはわかりませんが、そうとしか』

『ふむ……だとして、お主は何故妾の言っていることがわかるのじゃ？』

『ちょっとした魔法のようなものです。このエンコウやもう一匹マガミという銀狼がいるのですが、そのおかげで色々とできるようになったのです』

肩の上に戻ってきたエンコウを撫でながらそう説明する。魔法への理解がない姫様なら、こう言っておけば信じるだろう。

『なんとそうなのか！　ならば妾にもそれをかけてくれぬか？』

『いや、それはできないのです、申し訳ありません』

『むむむ、なんということじゃ、上手く行かぬものじゃのう』

まぁ実際は違うからな。

『しかし、妾がこんなところに閉じ込められておるのは納得行かないのじゃ！　妾は一国の姫であるぞ！　無礼とは思わぬのか！』

『お言葉ですが、今、カグヤ様はいわば不法入国をしているのです。ですので日ノ本では姫であっても、ここではなんの意味もありません』

『ぐ、ぬぬぬぬっ！』

姫様が悔しそうに奥歯を噛み締めた。

『とにかく、ご安心ください。兄もカグヤ様を狙っていますが、私がなんとかしてみせます。ただ、その代わり、あなたには私の奴隷になってもらう必要がありますが』

『冗談じゃないのじゃ！　何故妾がお主の奴隷になどならないといけないのじゃ。そして妾を奴隷としてお主はどうするつもりなのじゃ！　は、さ、さてはお主、妾にいやらしいことするつもりじゃな！　春画みたいに！』

するか！　まったく、何を言いだすかと思えば……

『……別に奴隷にしたからといってどうこうする気はないですよ。ただ、この世界はおそらくあなたのいた世界より危険ですよ？　獣は凶暴ですし、盗賊だってうろちょろしている。奴隷としても下手な相手に買われたらそれこそ何をされるか……』

『う、うぅうぅうう……確かに妙な角の生えたうさぎに追いかけられたりするのは、もう嫌なのじゃ……』

ホーンラビットか。日ノ本のウサギより大きいし、角で突撃してくるから対処法を知らないと怖いだろうな。

やはり姫様もこの世界に来た直後は苦労されたのか。何もないところに放り投げられたようなものだ、それはそうだろう。

『……仕方ない。わかったのじゃ。じゃが！　奴隷にしたからとおかしな真似をしたら絶対に許さぬからな！』

『勿論ですよ。それじゃあ、僕はそろそろ行きますね』

『え？　も、もう行くのか？』

『寂しいですか？』

『ば、馬鹿言うでない！　妾は……そうじゃ、エンコウと離れるのが残念なだけじゃ！』

「ウキィ……」

姫様に撫でられながら、エンコウも寂しそうな顔を見せた。もともと女好きな猿ではあったけど、本当によく懐いているな。

とはいえ、姫様の話を聞いているとそこまで不自由であったりぞんざいな扱いは受けていないようだ。わけがわからず着物を脱がされそうになったのは嫌だったそうで抵抗したようだけど。ちなみに、その着替えは女性の従業員が行おうとしたらしい。

ただ、着物は確かに汚れているから、着替えを用意してくれているなら従った方がいいとは言っておいた。

『それじゃあ、必ず迎えに来ますから』

『……仕方がないから待っていてやるのじゃ』

ツンっとそっぽを向いて答える姫様に苦笑しつつ、こうして密かに姫様と話をした俺は、また天井裏を通ってエンコウと奴隷商館をあとにした。

さてと、帰りもエンコウを肩に乗せて、俺は家屋の屋根伝いに帰路についた。この時間に出ていたのが見つかると面倒なことにしかならないから、こっそり戻らないとな。

「ん？」

その時ふと、フードを被った何者かが男女に囲まれているのが見えた。ただでさえこの時間は人の往来が少ない上、場所は人目につかない路地裏だ。どう見ても穏やかじゃないな――はぁ、まったく。見てしまったらもう放っておけないじゃないか。

「……お前、大人しく言うことを聞いた方が身のためだぞ？」

「そうよ。こっちも手荒な真似はしたくないし、私たちにちょっとついてきてくれればいいのよ」

「ケケッ、怪我はしたくないだろう？　何、すぐに帰してやるよ」

怪しい奴らが口々に言うが、フードの人物は気にせず返答する。

「……この辺りで失踪事件が相次いでいると聞いた。お前たちがその犯人か？」

その声は、女性のものだった。しかも、なんか聞き覚えがあるような……

「――お前、ただ者じゃねーな！」

「チッ、面倒だね。こうなったら――風よ、我が手に集え、刃となり……」

杖持ちの女が詠唱を始めた。そして杖を突き出しウィンドカッターの魔法を行使。風の刃が飛んでいくが、俺が割り込み、風の刃を手で払った。

「な！　何者だ！」

割り込んだ俺を見た二十代くらいの男が叫ぶ。鉄の輪を縫い込んだような鎧を装備し、手には長剣が握られていた。

「ケケッ、なんだこいつ？　猿なんて肩に乗せてるぜ」

「キシャー！」

蜥蜴みたいな顔の男が目を眇める。エンコウは俺の肩の上で相手を威嚇していた。

「おい、大丈夫か？」

「……またお前か」

「え？」

襲われていた子を見る。フードを上げ、勝ち気そうな紅の瞳がジッと俺を見つめた。肩の上には赤い蜥蜴もいる。

「お前、マグノリアだったのかよ」

「……なんで邪魔ばっかりする？」

いや、こっちは別に邪魔してるつもりはないんだが。そもそもなんの邪魔だというんだ。

「はは、声から女だとは思ったが、まだガキだったか」

「だけど、年の割に妙な色気はあるわね。どっちにしても元気な子どもなら十分役立つわ」

「ケケッ、それにもう一匹釣れたからな。こいつも連れていこうぜ」

ありゃりゃ、どうやら俺もこいつらの獲物として目をつけられたようだな。これは大変だ。

「……お前、すぐに逃げる」

「は？　いや、これでも一応、助けに入ったつもりなんだけど」

「キィキィ！」

エンコウも張り切ってるがマグノリアは嫌そうに顔をしかめた。

「……貴族のボンボンが興味本位で首を突っ込む事件じゃない。帰れ」

酷い言われようだ。貴族のボンボンって……俺、そんな風に見えるのか？

「そっちの野郎は身なりもいいし、上手くやれば身代金も狙えるかもな」

「ちょっと、それは仕事のうちに入らないわよ」

「ケケッ、問題ないだろう。身代金だけ奪って知らんぷりしとけばいいんだ」

どうやら目の前の三人組からもカモだと思われたようだ。格好がよくなかったか――

「……お前、狙われてるぞ？」

「わかってるよ。大丈夫、マグノリアが思ってるほど俺は弱くはないつもりだ」

俺の言葉に、怪しい奴らが笑いだす。

「弱くはないつもり？　ナイト様気取りってか？」

「若いっていいわね。だけど、時と場所を考えるべきじゃない？」

女が杖を構え、蜥蜴っぽい男も手斧を取り出した。

「一つ聞くけど、マグノリアは戦えるのか？」

「……馬鹿にするな」

するとマグノリアの掌に火球が生まれた。あれ？　今詠唱してないよな？

「こいつ⁉　魔法を！　しかも速い！」

マグノリアが火球を連中に向けて発射する。その動きに肩の赤い蜥蜴も連動しているようだった。

もしかして、この魔法はあの赤い蜥蜴に関係しているのか？

三人の狼藉者（ろうぜきもの）は散開し、杖持ちの女が詠唱を開始する。

「小生意気な女ね！　だったらこれよ！　風立ちぬ鳥の翼、我が意を汲（く）み取り、羽ばたくは――」

杖の向いている方向を見るに、狙いはマグノリアのようだ。

一方、蜥蜴っぽい男は手斧を構えてこっちに向かってきた。

「ケケッ、お前をまず捕まえる！」

「舐められたもんだね」

斜めに振り下ろされた刃をかわし、蹴りを叩き込んだ。

「ケケッ、ガキの蹴りなんて効くかよ、ゴボッ！」

強がる男だが、言葉の終わり際に地面に向けて吐いていた。しっかり効いたようだな。チャクラを込めた蹴りだ。子どもだからって舐めてると思わぬダメージを受けることになるぞ。

「――行け風翼（ふうよく）の鳥、スカイバード！」

向こうでは女魔法士が杖を突き出すと、先端からマグノリアに向けて緑色の鳥が飛び出した。大（おお）鷲（わし）が二羽並んだぐらいの大きさだ。

風の集合体ってところかな。速度はあるが、マグノリアはそれを上手いこと避けてみせた。結構身軽だな、あの子。

「馬鹿ね、その魔法は私の意思で自由に動かせるのよ！」

だが女魔法士が杖を動かすと、鳥が軌道を変えてまたマグノリアに向かっていった。避けるとまた杖に合わせて彼女を追いかけ回している。

「どう！　私の魔法からは逃げられない！」

「……くだらない。大道芸レベル」

呆れたようにマグノリアが口にし、両手から炎を鞭（むち）のように伸ばして迫る風の鳥を消し飛ばした。

「そ、そんな、私の魔法が！」

驚愕する女魔法士。一方マグノリアには余裕がありそうだ。

「シリ！　リザド！　何遊んでやがる！」

「う、うるさいわね！　こっちは真剣なのよ！」

「ケケッ、あ、遊んでなんていねぇよ。クソが！　もう許さねぇ！」

声を荒らげ、シリという女魔法士がさらに詠唱を開始。かと思えばこっちではリザドと呼ばれた手斧の男の様子が大きく変化した。腰のあたりから太い尻尾が伸びてきて、全身にびっしりと鱗（うろこ）が備わったのだ。蜥蜴っぽいと思ったが、今はすっかり蜥蜴人間といった様相に変化している。

「蜥蜴の刻印（ルーン）を使ったか。おい、使いもんにならなくするなよ」

「ケケッ、わかってる」

刻印（ルーン）――マシムが使っていたやつか。どうやら刻印（ルーン）というのは色々と種類があるようだな。

そしてリザドが迫り、また手斧を振ってくる。動きはそこまで変化はないか？

連続攻撃を避け、その合間に蹴りを叩き込む――が、今度はダメージに繋がらなかったようだ。

「ケケッ、今の俺は硬い鱗に覆(おお)われてるのさ。そんなもの効くか！」

リザドがグルンっと回転し、振り回された尻尾が俺に命中した。

「リザドのテイルアタックが炸裂(さくれつ)したか。斧なんかよりあっちの方が手痛い。あのガキ、しばらく目覚めんだろうな」

「ケケッ、当然だ」

「いや、そんなことはないぞ」

「な、何ィ!?」

二人の様子を見ていた男が驚く。雰囲気的にあいつがこの中のリーダーってところか。

「悪いがこの程度なら問題はないな。さて、今度はこっちからだ」

「ウキィ！」

エンコウが蜥蜴男に指を差して鳴いた。行けぇ！　と言ってるようでもある。

俺は奴らに見られない速さで印を結び、魔法を使うふりをして忍法を行使。

「忍法・雷針(サンダーニードル)！」

指を突き出し、針のように研ぎ澄(とす)まされた雷でリザドを撃った。

「ぐがぁあああぁあ！」

悶絶するリザド。いくら鱗が硬くても、雷の前には無意味だ。

リザドはふんばり、俺を睨みつける。

「ぶっ殺してやる！」

どうやらかなりご立腹の様子だ。だけど、俺もこんなのを長々と相手していても仕方ない。

「そぉれっ！」

俺は右腕に土を集め、巨大な腕に変化させる。そして相手を思いっきり殴った！

「ぐがぁあぁあぁあああああ！」

リザドが放物線を描いて吹っ飛んでいった。その様子にリーダーの男が驚愕の表情を浮かべる。

「ギャフンッ！」

マグノリア側からも悲鳴が聞こえたので見てみると、あのシリって女が火に包まれながらふっ飛ばされ、近くにあったゴミ箱に頭から突っ込んだ。ローブが燃えてしまい尻を露わにしたままピクピクと痙攣（けいれん）している。

「ウキャッキャッ」

エンコウは手を叩きながら喜んでいる。シリの尻がおかしかったようだ。

「やるな、マグノリア」

「……」

俺がマグノリアの戦いぶりを称えると、彼女はジッと俺を見つめてきた。これまでとはちょっと違う感情が見て取れる。

「くっ、まさかリザドとシリがやられるとは」

「あとはお前だけか」

「……観念しろ」

俺とマグノリアが詰め寄ると、リーダーは眉間にしわを寄せた。まだ諦めてはいなさそうだな。

「舐めるなよ、ガキどもが！」

リーダーが剣を握り、俺に向かってくる。マグノリアではなく、こっちに来たか。

俺は愛用のリングナイフとフセットをそれぞれ持ち、迎え撃つ。

「どうだ！　これが一流の剣術というものだ！」

上下左右と迫る刃を、俺は次々と弾き返す。交差する。しかし、これが一流？　素人よりは確かにマシだが、スワローと比べたら全然だ。いや、彼女と比べることがそもそも間違いか。

俺は攻撃の隙間を縫って、リングナイフで反撃した。

リーダーは咄嗟に剣で防いだが、表情が焦りのものに変わる。

だけど、こちらの攻撃がそれで終わるわけがない。俺は逆回転して、蹴りをリーダーの延髄に叩き込んだ。

「ハッ！」

「ぐべっ！」

リーダーが顔から地面に叩きつけられる。無様な悲鳴つきで。

「く、くそ！　強化！」

リーダーが立ち上がり、同時に俺の背後に回り込んだ。動きが速くなっている。強化魔法で自分の身体能力を向上させたようだ。

「こうなったらテメェは殺す！　女だけでも連れていけば――」

もうなりふり構ってられないってことか。だが甘い。

俺が全身から放電すると、まともに電撃を喰らったリーダーの悲鳴が聞こえた。

「ち、畜生！」

振り返るとリーダーが飛び退いた。強化しているからか、わりとしぶといな。体のところどころが焦げているが、まだ動けるようだ。

「俺が、俺がこんなガキに！」

まだ諦めないか。

リーダーが再びこちらに動きだしたが、無駄なことだ。俺は右手を突き出してチャクラを放出。

「な、ぐぎぎぎぃ――」

リーダーは必死に前に出ようとするが、見えない壁に阻まれたようにその場で動けないでいる。

「無駄だよ」

俺が右手をさらに突き出すと、リーダーは真後ろに吹っ飛んだ。そして地面をゴロゴロと転がる。

これはもう、勝負は決まったな。

すると、怪訝そうにマグノリアが聞いてくる。

「……お前、何した？」

「ただの魔法だよ」

まぁ魔法じゃなくて忍法だけど。

「く、くそが、こうなったら、仕方ねぇ！」

うん？　リーダーが起き上がって懐から何かを取り出した。細長い瓶で、中には血のように赤い液体が入っている。

「……あいつ、まさか薬を！」

いつの間にか隣に来ていたマグノリアの目が見開かれる。この子、何か知っているのか？

「ウォオオオオオォオオオ！」

「おいおい、どうなってるんだ？」

リーダーが蓋を開けて液体を飲んだ瞬間、叫びだした。

あいつ、薬を飲んだ途端に変貌しやがった。

全身の筋肉が肥大し、着ていた鎧が弾け飛ぶ。その様子からは、今まで与えたダメージがまるで感じられない。

「ウキキィイ！」

エンコウが叫び、警戒心を強めている。正直、俺もやや警戒している。雰囲気が尋常ではない。

「キタキタキタキタキタ――――！　俺は、俺は、俺は無敵だ――――！　このガキどもがァアアァア！　絶対に、絶対に、絶対に、ぶっ殺スゥウゥウウウ、ウィイイヒィイイイヒイイヒヒイイイヒィヒヒイヤァアアア！」

両手を広げ、涎を撒き散らしての絶叫。目が血走っていた。瞳孔も開いている。剥き出しになった筋肉がビクンビクンッと波打ち、明らかに異常である。

俺はマグノリアに問いかける。

「おい、薬って一体なんなんだ？」

「……魔薬として知られてる薬。身体能力が強化されるけど、中毒性があって危険。でも、あいつのはもっと特殊だと思う」

そんなのがあるのか……しかし、確かに尋常ではないな。

「殺す、殺す殺すコロスゴロス！」

「来るぞ、気をつけろ！」

俺の言葉にマグノリアが身構えた。俺も警戒するが――

「あーはっはぁあ！」

その時、何者かが空中からマントを翻し、笑いながら降ってきた……は？

なんだこいつなんだこいつ！　マントだけを羽織った筋肉ムキムキの全裸男が目の前に立ってやがる！

「あっはっは！　このような夜更けに子どもたちを襲うとは、不届きな輩もいたものだ。だが安心したまえ、私が来たーーーー！」

「何かヤバいの来たーーーーーー！」

「ウキキィイイ！」

「あっはっは！　私はヤバいのではないゼンラだ！」

「……見ればわかる」

いや、マグノリアもそんな冷静に突っ込んでる場合か！

俺は動揺しつつ全裸の男に尋ねる。

「へ、変態か⁉」

「変態ではない。ゼンラだ！」

「全裸の変態だぁあああ！」

胸を張って体ごとこっちを見てきた。いや、もうモロだから！　何この人！

「しかし貴様、なってないな！」

「……あ？」

全裸の男がリーダーに向き直り言い放った。変貌したあいつでさえ、戸惑っているのがわかる。

そりゃそうだろう。いきなり裸の変態がやってくればそんな反応にもなる。

「なんだその中途半端な裸は！　下半身だけ服を残すなど全裸道の風上にも置けない奴め！」

「いや、何言ってるんだこの人⁉」

「キキィ！」

「……全裸道、なんだかかっこいい」

「本気で言ってるの⁉」

関心を示したマグノリアにツッコむ俺。絶対女が興味を持っちゃ駄目な道だろ！

「おお、そこの少女。わかるか。ならばなるがよい、全裸に！」

「……流石に私は全裸にはならない」

「何故だ！」

全裸男は本気で驚いていた。何故だではない。当たり前だ！

「いい加減にしろぉおおお！　さっきから全裸全裸全裸言いやがってぇえええ！」

あ、リーダーがキレた。そりゃそうか。もうこの全裸男の登場であいつの変貌なんてインパクトが薄まったし、なんなら少し忘れてた。

「あっはっは。囀（さえず）るな、全裸にもなれない愚か者が」

「いや、大体の人は全裸にはならないだろう」

「ウキィ……」

俺がツッコむのも疲れてきたぞ。全裸ってだけでもツッコミどころ満載なのに！

「この変態がぁあぁあ！　まずテメェからぶっ殺してやる！」

「あっはっは！　私は変態ではない――」

全裸男がマントの中から武器を取り出した。長柄のハルバードという武器だ。いや、そもそもマントによくそれを隠せたな。

「――ゼンラだぁあぁぁああ！」

「ガッ⁉」

そしてよくわからないことを叫んだ全裸男がハルバードを振り上げた直後、変貌したリーダーが夜空を舞った。そしてそのまま回転しながら落ちてきて地面に激突。

こいつ、全裸の変態だが強い――

「あっはっは！　所詮半裸などこの程度。全裸に半裸で勝とうなど笑止！」

相変わらず言ってる意味はわからなかった。ただ一つ明らかな問題は、おそらく助けに入ってきたのであろうこの変態にこのあとどう接するかだ。

全裸男はこちらに向き直って言う。

「どうかな君たち？　全裸の素晴らしさ、理解してくれたかい？」

「俺が理解したのは、お前がどこからともなくやってきた変態ってことだけだ」

俺の冷たい言葉を、全裸男は笑い飛ばす。

「あっはっは！　私は変態ではない、ゼンラだ！」

「いや、もう全裸なのは見てればわかるよ……」

本当もう、どうしたらいいかな……

「あらゼンラ、もう倒したのね」

途方に暮れていると、聞き覚えのある声が耳に届いた。そちらに顔を向けたら、市場で出会ったマシムが近づいてきている。

マシムは俺とマグノリアを見て、ニヤニヤとして言う。

「あら、奇遇ね。こんなところでデート？」

「違うよ！　いきなり来て妙な勘違いするなよ！」

大体、俺たちの年齢を考えれば、こんな時間に出歩くのがおかしい。

……そう、おかしい。そもそもマグノリアはなんでこんなところにいたのか。

「あら違うのね。それにしても派手にやってくれたわね」

マシムが周囲を見回しながら嘆息混じりに言った。確かに尻を出した女魔法士とか、全裸の男とか状況がとんでもない。ため息を吐く気持ちもわかる。ちなみに、蜥蜴みたいに変化してたリザドは元に戻っていた。

俺は全裸男を指さしながら、マシムに尋ねる。

「マシム、こいつはあんたの知り合いなのか？」

「知り合いも何も、うちの冒険者よ」

「……いくら自由と言ってももう少し人材は選んだらどうだ？」

こんな格好の冒険者とか、問題しか起きない気がするんだけど。

「そう言わないの。これでゼンラはかなり強いのよ」

「いや、確かに強いけど……しかしマシムも言い方がまんまだな」

「まんま？」

「いや、だから確かに全裸だけど」

「あぁ、そういうことね」

マシムが納得したように頷き、説明してくれた。

「ゼンラは名前よ。そいつ、名前がゼンラなのよ」

「あっはっは！　少年。改めてよろしくな！」

な、名前がそのまんまなのかよ……名は体を表すとは言うけどさぁ。

「それにしても全員ゼンラがやったの？」

「あっはっは！　違うぞ。私がやったのは不届きな半裸だけだ！」

「いや、不届きな半裸ってなんだよ……」

「ウキィ……」

ゼンラの言ってることはさっぱりわからないから困る。それにしても、よく笑う奴だな。

「というか服着ろよ」

「あっはっは！　何を非常識なことを言っているのだ少年」

いや、多分常識的な話しかしてないんだけど……

するとは、マシムが言う。

「そいつには何を言っても無駄よ。今はマントを着けているだけまだマシね」

「あっはっは、これは余所行きだ」

あれ？　余所行きってなんだっけ？

「さて、それにしてもこいつらも馬鹿なことをしたものね。まったく、ギルドの汚点だわ」

マシムの言葉に、俺は首を捻る。

「汚点？」

「冒険者なのよ、こいつら」

なるほど、と納得する。確かにギルドの冒険者が問題を起こしては立つ瀬がないよな。

「それにしても、ゼンラが全員倒してないってことは、残りはあなたたちが？」

「……魔法を使うシリって女は、私が倒した。リザドって男はジン」

俺が答えるより先に、マグノリアが説明してくれた。

ふ〜ん、と言って、マシムが俺とマグノリアを交互に見る。

「なるほどね。そっちの女の子は初めて見たけど、あなたは聞いていた通りのようね」

「聞いていた？」

「ウキッ？」

俺とエンコウが同時に首を傾げる。その様子にマシムがフフッと微笑んだ。

「あなたのことは、スワローから聞いていたのよ」

「え？　あんたスワローを知ってるのか？」

「えぇ。あの子がまだ騎士だった時代からの顔見知りよ。立場の違いはあったけど、そうね。戦友と呼んでもいいかも」

知らなかった……スワローに冒険者の知り合いがいたなんてね。

「あの子とは今でも時折手紙でやり取りしているの。その中で、あなたのことがちょいちょい書いてあったわ。先日の手紙に、大会参加のために町に来るからよろしくってあったのよ。あなた、武術大会に出るんでしょ？」

マシムが俺に聞いてきた。武術大会か……確かに当初の予定はそうだったが。

「いや、今は予定が変わったんだ。魔法大会に出ることになると思う」

「うん？　あなたが魔法大会に？　でも魔力がなかったんじゃないの？」

どうやらその辺りもスワローから聞いていたようだ。

「……ジンは魔法が使える。さっきこの目で見た」

マグノリアの言葉に、マシムは目を丸くした。

「え？　そうなの？」

「あっはっは！　これは驚いた。魔力がないのに魔法が使えるとは、全裸で服を着るみたいな話ではないか！」

いや、全裸で服を着るのは当たり前だろう……

とりあえず、俺は今の状況をマシムに伝えた。魔獣契約については特に隠しておく必要がない。

というより、俺が魔獣と契約していることは、忍法をごまかすためにもできれば広まった方がいい。

話を聞き終え、マシムがエンコウと俺を交互に見ながら言う。

「驚いたわね。つまりその子猿は魔獣で、その力をあなたが魔法として使ってるのね」

「そういうことだ」

「なるほど、つまり人の服を剥ぎ取って全裸にするみたいなものだな」

わかりづらい！　というか、さっきから例がさっぱりわからない！

すると、マシムがゼンラに言う。

「お願い。ゼンラはそろそろ戻っててくれる？」

「何故だ！」

「こんな夜中に全裸の男が立ってるのが怪しいからよ」

「やれやれ、全裸の何が悪いというのか」

「これはギルドマスターとしての命令よ」

「ふむ、仕方ない。まったく全裸ごときで騒がれるとは、世知辛い世の中になったものだ」

いや、わりと普通のことだと思うぞ。

「それでは、ここはマスターの顔を立てて立ち去るとしよう。さらばだ、未来の全裸ある少年少女よ！」

そう言い残し、ゼンラはマントを翻して颯爽と去っていた。最後まで変な奴だったな。大体なんだ、『全裸ある』って！

「ふぅ、ま、とにかく理由はわかったわ」

マシムには納得してもらえたらしい。

さて、俺は俺で気になることがあるから聞いてみる。

「そうか。なら今度はこっちから聞きたいんだが、もしかしてこいつらが最近巷で起きてるっていう人攫い事件に関与してるのか？」

「おそらくそうでしょうね」

やっぱりか。奴隷商から話は聞いていたけど、思わぬところで事件に関わってしまった。

……ん？　向こうの方でマグノリアがリーダーの男を叩き起こして尋問しているな。

「……おい、お前。情報を言う。さっきの薬、どこで手に入れた？」

「あ、な、なんだお前、ヒッ！」

「……言わないと燃やす」

おいおい。脅すように問い詰め始めたぞ。

直後、リーダーがマグノリアの魔法によって爆発して倒れた。もう少し時間をあげてもよかったんじゃないか？

そんなマグノリアに、マシムが声をかける。

「あなた言っておくけど、そんな奴をいくら問い詰めたところで大した情報は掴めないわよ」

「……チッ」

舌打ちし、マグノリアが戻ってきた。

俺はマシムに尋ねる。

「こいつらを倒しても無駄ってことか？」

「そうね。排除したところでおそらく事件は解決しないわ」

「……こいつらは下っ端ってこと？」

マグノリアの問いに、マシムは頷いた。

「そうよ。これまでも事件に関わっていそうな連中は私たちも捕まえてきたわ。でも、どれも使いっぱしりみたいな奴らばかりで、黒幕の尻尾は掴めてないのよ」

そう言って肩を竦めるマシムに、マグノリアはさらに話す。

「でも、こいつらは薬を使ってた」

「薬？」

「ああ、確かにそんなのを使っていたな。別人のように変身して、だいぶ正気を失いかけていた」

「それって――」

「こんなところで一体何をしているのですか？　ギルドマスターマシム」

俺たちが話していると、路地裏に別の声が響き渡る。

おいおい、また新手か——と振り返ると、五人の兵士と青白い髪をした男が立っていた。長身で細身だが、着衣した執事服の上からでも引き締まった筋肉をしているのが見て取れる。腰には細身の剣を帯刀していることから、ある程度剣に覚えもあるのだろう。

男が兵士より前に立っていること、そして後ろに控えた兵士のどことなく気を張った様子から、この男が兵士より上の立場の人間なのは予想がつく。

マシムは男を見て、おもむろに口を開いた。

「……これはこれは、ドルドさん。わざわざこのような現場までご足労くださるなんて、仕事熱心なことね。領主の家令というのは、思ったよりも暇なのかしら？」

「はは、いやいや。様々な問題を抱える冒険者ギルドのマスターほどではありません。しかし、ふむ、もしかしてあなたはかの問題児として有名なジン・エイガ様ですかな？」

ドルドと呼ばれた男はかけている片眼鏡を指で直しながら、神経質そうな目を俺に向けてくる。年は俺より二回りくらい上っぽいが、こいつ俺のことを知ってるのか？

いや待てよ。今確か、マシムに領主の家令と呼ばれていた——この町の領主ということは、まさか大叔父の関係者か？　くそ、嫌なところで会った。

家令というと、使用人の中でも特に重要なポジションのはずだ。大叔父とは関係が深いだろう。

そしてこの態度、大叔父から俺の話は聞いているってわけか。蔑むような目を俺に向けてきている。あいつの周りにはこんなのしかいないのかね。

「それにしても騒ぎを聞きつけて来てみれば、そこに転がってる連中が原因ですか。ジン様は仮にもエイガ家のご子息という立場。そのような方に手を出したのであれば、放ってはおけません。こちらで捕まえさせていただきますよ」

そう言ってドルドは兵士に合図する。すると、兵士が一斉に動きだして四人の冒険者を拘束した。

その時、作業をしていた兵士の一人がリーダーの男を見て、困惑の声を上げる。

「こっち、体がボロボロだぞ……枷の意味があるのか？」

「いいから言われた通りにしろ」

ゼンラに手酷くやられていたからな。

兵士はあいつが飲んでいた薬の瓶も回収していたが、それを見てマグノリアが眉をひそめている。

さらに冒険者の手荷物を調べていた別の兵士が、驚いたように報告する。

「ドルド様。こいつら冒険者ですよ。冒険者証を持ってます」

「おやおやこれはどういうことですかな？　マシム？」

ドルドがマシムに質問した。

「別に隠したりしないわよ。そいつらはうちも怪しいと思って調査していたの。そしたら案の定、裏の仕事に関わっていたようね」

「まさかそんなことで済むと思っているのですか？」

「……そうね。うちとしては面子が立たないところだけど、だからこそこうやって解決に乗り出していたということも考慮してほしいわね」

「ふん、何を言ったところで、ギルドの不始末がまた一つ増えたことに変わりはありますまい」

ドルドが眼鏡を直しながら言った。空気が重いな。マシムとドルド、この二人はどこか牽制し合っているように思える。

その時、ドルドがマグノリアの方を見た。

「ところで、そっちのお前はなんだ？」

「………………お前、なんか嫌いだ」

「は？」

マグノリア、直球すぎるな。

「――無礼な女だ」

おっと、ドルドの目つきが鋭くなっている。ここは俺が助け舟を出した方がいいだろう。

「一応言っておくけど、その子は被害者ですよ。この連中に襲われていたんです」

「ほう？」

ドルドが改めて、マグノリアを値踏みするように見る。

「……なるほど、そういうことなら詳しく話を聞く必要がありますね。お前、一緒に来るんだ」

「……断る」

「何？」

ドルドが神経質そうな目を細めた。眉間にはしわが刻まれている。

「いいか？　お前は事件の大事な証人なんだ。だから――」

「ちょっと待って。悪いけどこの子たちは私が借りていくわ」

その時、マシムが待ったをかけた。

「は？」

今思わず声を出したのは俺だ。マシムはマグノリアだけじゃなく、俺の肩にも手を置いてそう言ったのである。

「どうして自分まで――」

文句を言おうとしたら、マシムがこちらに耳を寄せてボソボソと呟く。

（いいから言う通りにしなさい。悪いようにはしないから）

ふむ……確かにドルドから離れるには好都合かもな。

すると、ドルドはマグノリアを指さしながら言う。

「何故貴様にそれを預けなければいけないのだ」

『それ』扱いか。やっぱりこいつ、ろくでもなさそうだ。

「こっちにも調べないといけないことがあるのよ。それに既に二人とも、私に協力するって約束してくれたから」

「なんだと？」

眉を寄せて、俺に「本当か？」とドルドが目で訴えかけてくる。

「……私は別に約束なんて――むぐ？」

「ウキィ」

マグノリアが余計なことを言いそうになったが、瞬時にエンコウがマグノリアに飛び移って口を塞いだ。よくやったぞ。

俺はとりあえず、話を合わせることにした。

「あ、あぁそういえばそうだったよ。約束は守らないとね。それにマグノリアは被害者なんだし、無理強い(むりじ)はいけないと思うよ」

すると、途端にドルドの顔つきが変わる。

「……クソガキが。空気も読めないのか、魔力なしの馬鹿は」

おいおい、聞こえないように呟いたつもりかもしれないけど、丸聞こえだぞ。

「それで、納得してくれたかしら？」

「ふん……まぁいい。だが我が主にはしっかり伝えさせてもらうからな。それとお前、魔力もない劣等種の分際で町をうろつくな。立場を弁(わきま)えろ！」

メッキの剥がれた荒々しい口調で好き勝手な言葉を言い残し、ドルドは兵士を引き連れ冒険者を連行していった。ふぅ、冒険者を撃退して終わりかと思えば、随分と妙な話になったもんだ。

「……結局あいつらは連れていかれた」

「そうね。気に食わないけど――」

マグノリアの呟きにマシムが反応した。やはりドルドにいい気はしていないようだ。

「さて、とりあえず今日は遅いから、明日ギルドまで来てもらえる？」

「え？　さっきの話、本気だったのか？」

「当たり前でしょ。調書くらい取らないと格好つかないのよ。紅茶とお菓子を出すから、ギルドに顔を出しなさいな。こう言っちゃなんだけどなかなか愉快なギルドよ」

マシムがそう伝えるが、マグノリアは微妙な顔を見せる。

「……ギルドに行く意味を感じられない」

「あら、あなたに関してはそんなことないと思うわ。見たところ、何か情報を集めてるのよね？なら私たちに付き合っておいて損はないわよ。なんと言っても冒険者ギルドは世界中に支部を持つ巨大組織。情報もたくさん集まるわ」

「……わかった。なら顔を出す。それと、ジン。さっきはごめんなさい」

「え？　何がだ？」

急に謝られてしまった。特に謝罪を受ける理由がないような。

「……さっき、金持ちのぼんぼんは戦えないと言った。あれは取り消す。ジンは強い。少し楽しみになった」

あ、そういうことか。意外にもさっきの言動を気にしていたんだな。

ただ、一つ気になることがある。

「楽しみになったって？」

「……魔法大会、私も出るから」

「え？　そうだったのか？」

「……うん。予選から」

そうだったんだな。しかし、確かにあれだけの魔法が使えるなら大会に出るのもわかる。どうでもいいことだが、今も肩の上で赤い蜥蜴がボッ！　ボッ！　と火を吐いていた。

「これは大会が盛り上がりそうね。それで、明日は何時頃に来られる？」

「俺は昼からになりそうだ」

マシムの質問にそう答えておく。

明日の朝は大叔父に会うことになっているのだ。その場で魔法大会に出ることも父上から話があるはずだし、簡単に話がまとまらない可能性もあるから午前中は潰れると見ていいだろう。

「そう。あなたは？」

「……ジンに合わせる」

「ならギルドの場所を教えておくわね」

マグノリアはギルドの場所を聞き、エンコウをひと撫でしたあと去っていった。

マグノリアの姿が見えなくなったあと、マシムはこんなことを言った。

「あなた、あれ脈あるかもよ？」

「は、いや、なんでそうなる」

ありえないだろう、と思ってそう言ったら、マシムは両手を広げて首を左右に振った。

「やれやれ、女心がわかってないのねぇ」

「ウキィ」

エンコウも真似をしている。いや、女心って……

「さて、私もそろそろ行くわね。明日はよろしく」

「あぁ、わかった。それじゃあ俺も行くよ」

俺はマシムと別れ、宿に戻った。

結局、夜に出歩いていたのはバレることになりそうだ。今後は別の手を考えないと駄目か――

第三章　転生忍者、試験を受ける

「今日は叔父上に会うことになる。食事を摂ったらすぐに出るからな」

「ふん。身のほど知らずの愚弟が魔法大会に出たいなどと、世迷い言(よまいごと)を言いだすのだからな。付き合わされる父様も迷惑な話だ」

　翌朝、兄貴が朝から文句たらたらに言った。食事の時ぐらい大人しく食べられないのか。

「ところで父様、赤い火を吐く蜥蜴というのを知っていますか？」

　兄貴の話を聞き続けるのも面倒なので、俺は父上に別の話を振った。昨日マグノリアの肩の上で見たあれが、妙に気になったからだ。

「火を吐く赤い蜥蜴――サラマンダーのことか？」

「知っているのですか？」

「そこまで詳しいわけではないが、サラマンダーは火の精霊だな」

「精霊ですか……」

　すると、兄貴がパンを口に放り込みながら言う。

「ふん。愚弟め、精霊は迷信だぞ。そんなことも知らないのか？」

迷信だって？　どういうことだ？

首を捻っていたら、父上が兄貴を窘める。

「ロイス、確かにおとぎ話のように言われていることだが、なんでも決めつけるのはよくないぞ。エルフは精霊が見えて使役できると言うだろう」

「し、しかしそれも近年の研究で否定されているではありませんか。今は魔法学も進み、新しい魔法も数々生み出されています。古臭い考えなど捨てるべきだと私は思いますね」

兄貴の言葉に、やれやれと父上がため息を吐きだした。

「ふぅ、まぁ考え方は色々あるが……精霊は人の目にこそ見えないが、万物に宿り生命の源（みなもと）とも言われている。お前の言うサラマンダーは、火に宿るとされている精霊だな。他にも風の精霊シルフ、土の精霊ピグミー、水の精霊ニンフなどがいて、四大精霊と呼ばれている」

「そうなのですね。ありがとうございます、勉強になりました」

人の目に見えない。それで納得が行った。

あの赤い蜥蜴は俺以外の誰も気にしている様子がなかった。条件で言えば間違いなく精霊だろう。

俺には見えたのは……俺が忍者だからか？

朝食を済まし、俺と兄貴と父上は宿を出た。大叔父とは大会が行われる闘技場で会う予定だ。

目的地に到着し、兄貴は闘技場を見て感嘆の声を上げる。

「わぁ～立派な建物ですね。ここで試合をするとは――」

闘技場は毬を半分に割ったような形をしていた。ドーム型というらしい。

建物はコンクリートという材料で作られているようだ。火山灰や石灰なんかに砂とか石を混ぜて作られた材料で、強度がかなり高い。

中に入ると、大叔父がメインホールで待っていた。

「おお、来たかサザン」

「はい。息子たちも一緒です」

父上に促されて、俺と兄貴は挨拶した。なお、俺の隣にはマガミ、肩にはエンコウが乗っている。

兄貴が一歩前に進み出て、大叔父に言う。

「大叔父様、このような立派な闘技場で試合ができるとは、今から楽しみで仕方ありません」

「ふむ、勇ましいことだな。いいぞ、それくらいの方が期待できる」

二人して盛り上がりだしたぞ。時折、俺の悪口で盛り上がっている。やれやれ。

その時俺は、闘技場の入り口からこっちに向かってくる一人の少女に気がついた。赤い髪の少女で、ツリ目の瞳の色も、燃えるように赤い。

しかし、顔がどうも不機嫌というか、怒っているような様相だ。

その少女は大叔父の側までやってきて、服の裾を引っ張る。

「お父様――」

「うん？　おお来たか、ミモザ」

お父様？　俺と同じ年くらいに思えるが……孫じゃないのか？

怪訝に思ったのは父上も同じようで、大叔父に尋ねる。

「お父様と言うと、叔父上の娘ですか？」

「あぁ、そういえばお前が会うのは初めてだったたな。妾の子だよ。八人目の娘でな」

八人目って、またお盛んなことで。

ミモザといったか。なんか俺にやたらキツい眼差しを向けてきてるんだよな。

「この黒い髪の男がジンという男ですか、お父様？」

「あぁそうだ。幸が薄そうで貧相なこいつがそれだ」

本当、こいつは一言多いな。

するとミモザはギロリと俺を睨む。

「貴様か、魔力がないからという理由だけで生意気にも騎士を目指しているというゴミクズは。まったく腹の立つ男だ！」

おいおい、初対面でいきなりこれかよ。

「いいか！　貴様は私が完膚なきまでに叩きのめしてやるからな！」

指を突きつけ宣戦布告してきた。完膚なきまでにって、大会のことを言っているのか？

「ミモザ嬢は魔法大会に出られるのですか？」

父上が苦笑しながら問いかけた。

するとと大叔父が声を上げ笑いだす。

「はっは、ミモザが出るのは武術大会だ」

「なんと、そうなのですか？」

父上が意外そうな顔を見せた。エイガ家は魔法士の家系だ。だから当然大叔父の娘は魔法大会に出ると思ったのだろう。

「この子は生まれた時の魔力が六十しかなくてな。魔法士の才能はないと諦めていたが、その分剣の腕が立つ。だから武術大会の方に出そうと思ったのだよ」

「魔力が六十で、『才能がない』ですか……」

父上が渋い顔を見せ、大叔父はその表情を見てニヤリと笑った。

「そういえばお前は生まれた時の魔力が五十だったたな。まぁしかし気にするな。エイガ家においては、五十も六十もそう変わらんのだからな……もっとも、中には魔力なしで生まれてくるとんでもない粗悪品が紛れたりするるが」

そう言って冷ややかな目で俺を見てきた。こいつは本当ぶれないな。

大叔父は言葉を続ける。

「こいつは見ての通り、女にしては血の気が多い。まったく誰に似たのやら。だからこそ魔法より剣の方が合っているのだろうがな」

「流石大叔父様です。得手不得手をしっかりと見極め、正しい道を選択してあげる。それでこそ領主の鑑。その慧眼があるからこそ、町もこれだけ豊かなのでしょうね」

「はっはっは、言うではないかロイス。相変わらず、サザンの息子にしては随分とできているな」

兄貴も兄貴で相変わらずだ。

それにしても、このミモザという娘。本当にさっきからずっと俺を睨んでばかりいるな。

武術大会で俺に勝つ気なんだろうが、俺が出るのは魔法大会だ。まだ確定ではないけど。

とはいえ、ずっと睨まれているのも居心地が悪い。

「はは。僕、君に何か嫌われるようなことしたかな？」

あまりに敵対心が露骨なので、愛想笑いを見せつつ聞いてみた。

「黙れ、汚らしい口で話しかけるな。貴様みたいな適当に剣を学んでいる中途半端な男が、私は一番嫌いなんだ。恥を知れ！」

おいおい、酷い言われようだな。これでも、この世界の剣術には俺なりに真剣に向き合っているつもりだ。日ノ本で教わった技術とはまた違うし、得られるものもあるからな。

初対面のこいつから、そんな風にそしられるようないわれはないぞ。

「ふむ、我が娘ながら大した闘争心だ。さて、貴様が勝てるかな？　いや、愚問か。何せ魔力がないからという理由だけで剣に逃げた貴様とミモザでは、覚悟が違う。せいぜい大会ではみっともない真似を晒さないことだな」

大叔父が嫌らしい笑みを浮かべ、見当違いのことを言った。俺は魔法大会に出るつもりだからな。

ただ、父上からまだその話が出てこない。切り出すタイミングをなかなか掴めない様子だ。

「――貴様なんぞに絶対……」

うわ、ミモザはまだこっちを見て睨んでるよ。そんなに目力を込めて疲れないのかね。

幸い大叔父とは似ずに悪くない見た目なのに、そんな怒った顔でいるなんて勿体ない。

その時、大人しくしていたマガミとエンコウがミモザに向かって鳴き声を上げる。

「ガウ！」

「ウキィ」

「――う……」

すると、ミモザの肩がビクンッと震えた。そして、その視線がマガミとエンコウに交互に向けられる。怯えているのかと思ったが、なんか違うような？

「くっ、な、なんだこのもふりたく――あ、いや、け、けしからん猿と狼は！」

マガミとエンコウに向けて語気を強めるミモザ。途中の声が聞き取れなかったが、何故か怒っているようだ。

「けしからなくないよ。マガミとエンコウは賢い狼と猿だ」

「ウォン！」

「ウキィ！」

「な、か、かわ――いや、け、けしからん、けしからんぞ！」

わたわたするミモザに、父上が声をかける。

「申し訳ありません、ミモザ嬢。動物を連れてきても構わないと事前に聞いていたもので」

「あぁそうだな。ま、領主としてそれくらいの度量は持ち合わせているさ」

大叔父が言った。度量ねぇ。お前からはまったく感じないんだがな。

「しかし、気になっていたがその猿はどうした？　以前はそんなもの、いなかったであろう」

大叔父がエンコウを指さしながら尋ねてきた。

ここだ！　言うタイミングはここしかない。

俺が目配せすると、父上は頷いた。父上も俺と同じ気持ちのようだ。

「その件なのですが、実はこの猿はエンコウと言いまして、魔獣なのです」

「何、魔獣？」

「この猿が魔獣だと！　こんなに愛らしいのに――」

大叔父が怪訝そうな顔を見せ、ミモザも驚いていた。ミモザに関しては声が尻すぼみになったから、途中から何を言っているかよく聞こえなかったけど。

「馬鹿な、魔獣が魔力もないそいつに懐いているというのか？」

「そのようです。さらにマガミに関しても魔獣だったようで、息子のジンはこの二匹と従魔契約を結んでおります」

「なんだと？　何をふざけたことを！」

父上の言葉に、大叔父がギロリと俺を睨んで言った。

「まったくもって大叔父様の言う通りでございます！　父様、やはりあの件を話すのはやめましょう。愚弟を魔法大会に参加させるなど、ミミズが竜を生むぐらいの馬鹿げた話です。再考を！」

兄貴がまたふざけたことを言い出した。本当にこいつは人の顔色見てころころと考えを変えるやつだな。俺との約束はどうした。

「……サザン、今ロイスが言ったことは本当か？　出来損ないを魔法大会に参加させるだと？　流石に冗談だよな？」

大叔父が凄みを利かせて父上に問い詰める。

「……少なくともジンは魔法大会に出ることを切望しております。親としてその意思は尊重させたく、可能性があるなら挑戦させたいと考えています」

「可能性だと？　貴様！　魔力もないような落ちこぼれに可能性などと抜かすか！」

「左様です。私はこの目でジンの魔法を見ました。あれは決して落ちこぼれなどと揶揄（やゆ）される者の魔法ではありません。そこに私は十分な可能性を感じました」

「なんだと？」

父上の説得に、大叔父は拳をきつく握りしめた。

すると、ミモザが慌てた様子で俺に問い詰めてきた。

「ま、待て！　貴様、ふざけるな！　今更魔法大会に出ようというのか！」

「そうだけど？」

「なら、武術大会はどうなる！」

「勿論そっちには出られないね。魔法大会と武術大会は同時開催だから」

そう言ったら、ミモザが唇を噛んだ。なんだ？　俺が大会に出ないだけでそこまで悔しいのか？

そんなに俺を叩きのめしたかったのか？

ミモザの様子を気にせず、父上が大叔父に問いかける。

「それで、いかがでしょうか？　ジンの参加は」

「馬鹿が。駄目に決まってるだろう。却下だ」

即答かよ。考える素振りすら見せないな。

「魔力もない奴を大会に出すわけにはいかん。魔法にしても私が直接見たわけではない」

そう来るか。だがそれならそれで父上、頼むよ。

俺の願いが聞こえたかのように、父上は大叔父に言う。

「では、テストを受けさせるというのはいかがでしょう？」

「テストだと？」

大叔父が眉を寄せて問い返した。

「はい。魔法大会に出るだけの素質があるかどうかテストさせるのです。それで叔父上の納得できる結果を出せれば、大会に出してやってください」

「馬鹿言うな。私は忙しいのだ。そのような世迷い言に付き合ってる暇はない」

「怖いのですかな？」

「何？」

父上の挑発に、大叔父の眉がピクリと反応した。

「貴様、怖いとはどういう意味だ？」

「文字通りの意味です。散々魔力がないと下に見ていたジンが魔法を使えるとあれば面目が立たない。だからこそ頑なにテストさせるのを拒んでいるのでは？」

「ふ、ふざけるな貴様！」

大叔父が激昂する。これはいい手だ。大叔父みたいなタイプは器が小さいくせに無駄にプライドが高い。自尊心を傷つけられればすぐにムキになる。

「揃いも揃って生意気な親子だ」

「大叔父様、私は違いますからね。大体私は最初から反対だったのです」

兄貴がへつらうように大叔父に言った。本当この兄貴と来たら……

「ふん、まぁいいだろう。そこまで言うならテストしてやる。ミモザ、やれるな？」

大叔父がミモザに目を向け問いかける。

「はい！　勿論です！　こんな奴、今すぐにでも倒してみせます！」

ミモザが張り切りだした。これってつまり――

「聞いての通りだ。テストはミモザとの模擬戦という形で行うものとする。どうしても大会に出たいと言うなら、最低限ミモザに勝てるくらいの実力がなければ仕方ないからな」

ニヤリと大叔父が笑う。随分と自信満々だが、俺としてはわかりやすくてありがたい。

その時、一人の男が闘技場にやってくる。

「旦那様、こちらにおられましたか」

「うん？　なんだドルドか。どうした？」

ドルド……昨日会った家令か。まさかこのタイミングで再会するとは。

向こうもチラッと俺を見てきたが、特に何も言わず大叔父に話しかける。

「あの件がそろそろ」

「むぅ、そうだったな——よし、私はここを離れるが……続きはドルド、お前に任せた」

大叔父がそんなことを言いだした。自分はテストに立ち会わないということか。

そして大叔父は、ドルドに経緯を話して俺の審査をするように命じる。

父上は眉をひそめ、問いかけた。

「叔父上はご覧にならないので？」

「ふん。お前は偉く期待しているようだが、魔力のない奴の魔法など高が知れている。私が見るまでもない。ま、ドルドは優秀な男だ。テストは厳正に行われることだろう。頼んだぞ、ドルド」

「はい、仰(おお)せのままに」

こうして大叔父は、ドルドを残して去っていった。

「やれやれ、本当に困ったものですね。魔力もないのに魔法大会に出たいと言いだすとは。おかげで余計な仕事が増えましたよ」

大叔父が去ったあと、ドルドが青白い髪を直しながら早速毒のある言葉を飛ばしてきた。眉間にしわが刻まれ、いかにも不機嫌そうだ。

「まったく、お前のおかげでドルド殿にまで迷惑をかけることになったではないか。これで結果を出せなかったら、謝罪だけでは済まないぞ。わかっているのか？」

そして兄貴がうるさい。お前、いいから宿に戻れよ。

「とりあえず、こちらについてきてください」

ドルドが移動を開始したので、俺たちもあとからついていく。

「…………」

ミモザは俺たちの後ろを歩く間、俺の後頭部を睨んでいるのが気配でわかった。ずっと不機嫌で疲れないのか？

ドルドに連れられてやってきたのは、闘技場の試合会場だった。

「ここで試験をしてもらいます。本来は本戦の予選に使われる場所です。まずはそこの台座の前まで移動してください」

ドルドの指定した台座には、水晶玉が一つ置かれていた。片手では収まらない程度の大きさだ。

この水晶玉には馴染みがある。これは魔力を測る道具だ。ここに手を乗せると、その人物が持つ魔力の量に応じて光る。魔力が多ければ多いほど、強く光る仕組みだ。

俺が移動すると、ドルドは続けて言う。

「水晶玉に手を乗せてください」

俺は言われるがまま、水晶玉の上に手を乗せた。だが結果はわかりきっている。そう、水晶玉は少しも光ることはなかった。

「はは、反応がないじゃないか。こんな結果で魔法大会に出たいとは、身のほど知らずもいい――いえ、な、なんでもありません……」

案の定兄貴が小馬鹿にしてきたが、父上に睨まれて黙った。

「チッ、話に聞いていただけだったが、本当に魔力がないのか。とんでもないゴミもいたもんだ」

ドルドの声は、俺にだけ聞こえる程度のものだった。父上の前だから声を抑えたのかもな。

すると、父上がドルドに言う。

「ジンに魔力がないことは叔父上も知っていること。テストはミモザ嬢との模擬戦のはずだが」

「ええ、そう聞いております。今のは念のためを思ってやったことですよ」

その時、ミモザが腰に提げた剣に手をかけ、俺を睨みつけながら言う。

「覚悟はいいか？　私はいつでも準備できているぞ」

それを見たドルドは、一つ頷いて俺の方を見た。

「さて、では早速試合をしてもらいますか。ジン様、よろしいですか？」

「はい。まずはマガミの力を使わせてもらいます」

マガミの力……というか、風属性の忍法をメインに組み立てよう。

体裁としてエンコウを父上に預けてマガミを俺の隣に呼ぶと、ドルドの表情が変わった。

「くっ、狼か――」

うん？　急に腰が引けだしたな？

「ガウ！」

「ヒッ！　ち、近づくな！」

もしかしてこいつ、狼が苦手なのか？　偉そうにしていたわりに、随分な怯えようだな。

「と、とにかく双方前に」

ドルドに言われ、マガミを連れた俺とミモザが相対した。

ミモザはこちらに指を突きつけ、怒鳴る。

「おい貴様！　この卑怯者め！」

「え？　ひ、卑怯者？　僕が？」

やれやれ、本当に喧嘩腰だな。

「そうだ！　武術大会で無様な姿を晒すのを恐れて魔法大会に出るだと！　魔力がゼロなら負けても恥ではないとでも考えたのだろう！」

そんな風に思っていたのか。反論してもいいけど、この調了だと無駄だろう。

ドルドは我関せずといった風に、ルールの説明を始める。

「試合は今お二方の立っている円形台で行います。どちらかが戦闘不能となるか場外に出る、もしくは参ったと言えば試合終了です。それと、ジン様は従魔を参加させるのは禁止です。見極めたいのは、あなた自身の実力ですからね」

ま、当然かな。マガミには近くに座っていてもらおう。

俺とミモザは同時に頷いてリングに立つ。石造りで、直径十メートル程度の大きさである。

ここで俺はふと疑問に思ったことがあった。

「そういえば、ミモザはやっぱり剣で戦うの？」

「安心してください、ミモザ様には刃を潰した剣を使ってもらいます」

俺の質問に、ミモザではなくドルドが答える。

「なるほどね……魔法対剣ってことか」

ミモザはドルドがいつの間にか用意していた刃の潰れた剣と自分の剣を交換し、構えた。そして、こちらを見て眉をひそめる。

「……貴様は杖を持ってないようだが？」

「あ、うん。僕は特にいらないかなって」

「ふん、傲慢な奴だ。魔獣の力とやらがいかほどのものか知らんが、あとで杖がないことを言い訳にしても聞き入れるつもりはないからな」

ミモザが目を細めて言った。

お互いの準備ができ、ドルドが不敵な笑みを浮かべて告げる。

「それでは始めてください。ああそれと、何を勘違いしているか知りませんが、私はミモザ様が魔法を使わないなどとは一言も口にしていませんよ？」

「え？」

するとミモザが詠唱を紡ぎ、空いている左手をかざしてきた。

「我が手に集え！　魔力は形を変え、その威を示すことだろう——マジックボルト！」

「うわっと！」

魔力の礫が俺の顔面を狙って飛んできた。驚きつつ避けると、通り過ぎた礫がリングに当たり、欠けた石の塊が周囲に散らばる。

なるほど、ミモザも魔法を使うのか。

「マジックボルト！　マジックボルト！　マジックボルト！」

ミモザが三発連続で魔法を撃ってきた。驚いたな。詠唱が必須な魔法を連続で撃てるなんてね。

どうやら詠唱に秘密があるようだ。やりようによっては何発分かの魔法を溜めておけるのかもしれない。その証拠に、ある程度撃ち終えたあとは再び同じ詠唱を紡いでいた。

その時、ドルドが面白くなさそうに言う。

「ふん、避けるのだけは上手いじゃないですか」

「お褒めいただきどうも」

「ですが、避けていてばかりではあなたの実力はわかりませんよ」

ドルドがそう言うと同時に、ミモザの詠唱が終わる。

剣先が淡く光ったと思ったら、突きを繰り出してきた。

「マジックピアス！」

ミモザが叫ぶ。扱えるのは魔力の礫だけじゃないってことか。

ふむ、見る限り突きの威力に魔力が乗っているな。その分強そうだと思いながら避ける。

それを見た父上が、感嘆の声を上げた。

「……流石は叔父上の娘といったところか。魔力を操作しているようだが」

その言葉に、ドルドが相槌を打つ。

「えぇ、魔力そのものを操るやり方は普通、魔法士は好みませんがね。魔力の消費が多いですから。しかしその分詠唱の構築は単純。剣の道に進んだミモザ様でも会得できます」

続いて、兄貴の声も聞こえてきた。

「父様。私の見立てでは彼女の持つ剣、あれは杖の代わりでもあると思うのですが」

「流石エイガ家が誇る天才魔法士ロイス様だ。仰る通り、あの剣は魔法の威力を増幅させ、魔力の消費をある程度抑える効果があります」

ドルドに褒められ、兄貴が得意気になっているのが気配で伝わってきた。

それにしても、そんなアイテムがあるのか。俺が知らないだけで、他にも色々あるんだろうな。

「マジックスラスト！」

今度は斬撃に魔力が乗って射程が伸びた。横薙(よこな)ぎに振るうことで、扇状(おうぎじょう)に斬撃が広がっている。

「マジックボルト――」

距離を取ってかわすと、すぐさま魔力の礫が飛んできた。

ミモザはこの三つの魔法と剣術を組み合わせて俺に挑んできている。戦い方は大体わかった。

俺がひらひら避けていると、ミモザが眉間にしわを寄せて話しかけてきた。

「貴様、本当に魔法が使えるのか？　さっきから逃げてばかりではないか！」

流石にイライラしてきているな。家令のドルドもため息をついている。

やれやれ、相手の力量を測っていたんだが、そろそろ俺も忍法を見せるとするか。

「なら僕も行くよ。我が手に募れ、風の導き、示せ威力、風は刃と変わり――ウィンドカッター(忍法・鎌鼬の術)」

魔法のふりをして忍法を行使。

空気を切り裂きながら風の刃が飛んでいった。よし、この間より上手く威力を抑えられた。

前は的を全て両断しちゃったからなあ。それに比べたら刃は小さい。ただ、抑えすぎたかな。これじゃあ逆に馬鹿にされてしまうかもしれな――

「キャッ！」

「はい？」

ミモザが、可愛らしい声を上げながら横に大きく飛んだ。よっぽど慌てていたのか、上手く着地できずリングをゴロゴロと転がってしまう。

「な、なんだと！　馬鹿な、杖も持っていないのに、あれだけのウィンドカッターを出せるというのか！」

ドルドの驚く声が聞こえる。

「ぐぐぐっ、あ、あれくらい、わ、私だって！」

あと、やたら悔しそうにしている兄貴の声も聞こえた。え～と、あれでそこまで？

「先日私が見たウィンドカッターより大分小さいな……」

父上の言葉に、ドルドはさらに驚愕する。

「な、なんですって！　あれよりもっと上だったというのですか！」

「父様、こ、この間のは偶然に偶然が重なっただけに決まってます！　あ、あれがきっとあいつの本来の魔法ですよ。しかも私が見るにかなり無理をしている。あれじゃあ魔力がもたない！」

「な、なるほど。そういうことですか……」

兄貴の話にドルドが納得したようだけど、そもそも俺は魔力がないだろうに。矛盾しているぞ。

ちなみにこの程度の忍法じゃ全然チャクラは消費しないし、なんなら使った分はもう回復した。

そうこうしているうちに、ミモザが立ち上がった。

「は、はは、な、なるほど、少しはやるようだな！　だ、だが、わ、私だってまだまだ、余裕を残している！」

強気な発言である。そうか、余裕があるならよかった。

「く、喰らえ、マジックボルト！」

またマジックボルトかよ。まぁ今は試験中だし、今度は避けるんじゃなくて少し手を変えるかな。

「顕現せよ退（しりぞ）きの風――ウィンドシールド（忍法・風守の術）」

今使ったのは、風圧を高めて敵の攻撃を跳ね返す忍法だ。なお、効果が近い魔法名を当てている。

「な、跳ね返した！」

マジックボルトを無力化されたミモザが、驚愕の声を上げた。

「風よまとえ――ウィンドステップ（忍法・疾風の術）」

これは足に風をまとわせ、素早く動けるようになる忍法。風が補助してくれるので、単純なチャクラの強化より肉体的には疲れない。風の流れで次の動きが読まれやすくなるため、熟練の忍者同士だと扱いにくいという欠点はあったけど、ミモザ相手ならそこまで心配する必要はなさそうだ。

「な、なんだそれは、そんな魔法聞いたことない！」

ミモザが困惑している。うん、実は今の魔法名は思いついたのを適当に言っただけだったりする。

まぁこの世界には数多の魔法があるみたいだから、多少強引でもなんとかなるだろう。

俺はジャンプも絡めて立体的にリングを移動する。

「く、くそ！　動きが速い、なんなのだ一体！」

ミモザはもう俺の動きを追えていない。

「マジックボルト！　マジックピアス！　マジックスラスト！」

必死に魔法で反撃してきたが、どの魔法も俺には当たらない。かなり当てずっぽうになってきているし、そろそろ潮時かな。

決めるにしても、何を使おうか？　忍法・鎌鼬（かまいたち）の術はさっき使ったし、もう一つくらい他の忍法を見せておきたい。

それにミモザは強情（ごうじょう）っぽいからな。中途半端な攻撃じゃ負けを認めないだろう。

よし、ならこれだ。

「うなれ、数多の風の鳥よ――」

「な！　き、貴様、まだ何か魔法があるというのか！」

「ファウルエアレイド（忍法・花鳥風月）！」

無数に生まれた風の鳥が、一斉にミモザに襲いかかる。勿論威力は抑えているが、これで一気に場外まで飛ばされて――

――バサバサバサバサッ！

「き、キャァアアアアアアア！」

あれ？　少し想定外のことが起きた。俺の考えでは風の鳥に運ばれてそのまま場外行きになるはずだったのだが、鳥たちがミモザにまとわりついている。

しまった、詠唱と印を組み合わせる過程で調整をミスったか！

数秒後、俺の生み出した大量の鳥が霧散する。

「な、これは！」

「え？　え？　い、いやぁあああぁああ！」

「う、うひょおぉおぉおおおおぉおッ!?」

響き渡るミモザの悲鳴。

「ウキキキキィイィイイイ！」

エンコウと兄貴が同時に叫んだ。その視線は、どちらもミモザに釘付けになっている。ああ、エンコウが兄貴と同レベルに……

何が起こったのかと言うと、ミモザは風の鳥の攻撃によって服と鎧だけが見事に切り裂かれ、生まれたままの姿になってしまったのだった。うーん、ごめん……

「ウヒョォオオォオオ！　う、うぉ！　鼻血が！」

兄貴が奇っ怪な声を上げた上、鼻からダラダラと血を流している。それを見て、父上が凄く呆れていそうな表情を浮かべていた。兄貴よ……

「う、うぅ、こんな、こんなぁ……ふぇぇええええん」

「な、ちょっ――」

ミモザの奴、ぺたりとリングに腰を落としたかと思えばうずくまって泣きだしてしまった。ま、参ったな。女の子を泣かせるのはバツが悪い。

仕方ないから上着をかけようかと思っていると、父上が自分の着けていたマントを俺に投げ渡してきた。流石父上、さりげない配慮ができる男である。

俺はできるだけミモザの姿が視界に入らないよう回り込み、背中からマントをかけてやった。

すると涙を流したミモザが俺をキッ！　と睨みつけてきて怒鳴る。

「ふざけるな！　施しのつもりか！」

「いや、でも……そのままというわけにはいかないしね？」

「う、うぐぐ、うぐぅ……」

「それにほら、これは僕の父様のマントだからさ」

俺がそこまで言うと、ミモザがマントにくるまり立ち上がった。受け入れたようである。

「ところでこれ、勝敗はついたってことでいいんだよね？」

ミモザは未だに戦いたそうにしていたけど、流石にこの状況では試合続行は不可能だろう。

念のため立会人のドルドに確認を取ってみると、苦々しそうな顔を見せ、片眼鏡をいじりつつ、チッと舌打ちする。

「ふん、ミモザ様はとても戦えるような状況ではありませんな。しかし恐れ入りましたぞ。伯爵家のご令嬢の衣服を切り裂くなどとという愚行で勝利を収めるとは。百歩譲って魔法が使えることは認めるにしても、品性の欠片も感じさせない下劣さは目に余るものがあります。個人的には神聖なる魔法大会の場に出るにふさわしくないと思いますが、まぁいたし方なしというところでしょう」

そして、皮肉と嫌味をたっぷり混じえて回答した。素直に合格と言えないのかこいつは。

「とにかくよかった。これで魔法大会に出られる」

「な、何がいいものか！　この卑怯者め！」

ミモザが怒鳴ってきた。ドルドといいこの子といい、卑怯者呼ばわりしてくるとはなんとも酷い話だ。いや、まぁ確かにあの勝ち方は俺が悪いけど、少なくともルールは守っている。

ということで、俺はミモザに聞いてみる。

「これが本戦であったとしても同じことを言うの？」

「な、何？」

「僕がルール通りに戦ったことは、君が一番よくわかっているはずだ。それなのに卑怯者と言うってことは、本戦でも同じような態度を取るのかなって思ってさ。これは素朴な疑問だけど」

「な！　だ、黙れ！　というか、勝つにしたってここまではせんだろうが！」

それは確かにそうだけどさ……

「まぁいいや。とにかく勝ちは勝ちってことで。今自分で認めたよね？」

「あっ……」

と、その時マガミがこちらに駆け寄ってきた。

「ガウガウガウガウガウ！」

「あ、こらマガミ、まったく仕方ないやつだな」

マガミは俺の顔に飛びついてペロペロしてきた。

俺の勝利を祝ってくれているようだ。くすぐったいけど、とても気持ちが安らぐ。

じーーーーーー。

「ん？」

なんか、ミモザが俺とマガミのことを羨ましそうに見てきているぞ。

「こんなに可愛いのに、何故貴様なんかと、あぁ、でも、はふん」

俺を見る時には目つきを鋭くさせ、マガミを見る時はデレデレだ。そんなことを交互に繰り返している。器用だな。

しかし、マガミが可愛いという判断は正しい。その見る目だけは、まぁ評価してもいい。

「なんて、なんていい毛並み、それにその愛らしい瞳、どこにも欠点がないではないか……」

ミモザがトロンっとした目でマガミを見ている。そしてマガミもミモザを見るが……

――プイッ！

「んなぁ!?」

マガミが拒否するようにそっぽを向き、ミモザは妙な声を上げて絶句した。そして両手両膝をリングに付けてうなだれた。凄くショックを受けているようだ。人懐っこいマガミがここまで冷たい

のは、さっきまでの俺に対する態度を見ていたからなんだろうな。

「はぁ……まったく。マガミ――」

俺はマガミと目線を合わせ、頭を撫でながら相談する。

マガミは最初、イヤイヤっと首を左右に振っていたが……

「そう言わずにさ。動物が好きっていう気持ちは本物みたいだし」

「……クゥ～ン――ガウ！」

納得してくれたらしい。

マガミはミモザの前までトコトコと歩いていき、彼女へ、ガウ！　と一つ鳴いた。

きょとんとするミモザに、俺はマガミの意図を通訳する。

「少しなら触っていいって」

「え？　え？」

「君も撫でたいんだろう？　僕への態度はともかく、マガミを思う気持ちは本物みたいだからね」

「……ほ、本当にいいの？」

ミモザは俺にじゃなく直接マガミに問いかけた。こっちはまったく見ない。別にいいけど。

「ガウ！」

マガミは仕方ないなぁという顔で頭をミモザの前に突き出した。

ミモザが膝立ちになり、頭を撫でる。

「ふ、ふぁあぁあ〜ん」

直後、力の抜けた声を上げ、トロンっとした。とんでもなく幸せそうだ。

「ふ〜ん、そんな顔を見せるんだね」

「ハッ！」

俺がトロットロッの表情をしたミモザに声をかけると、我に返って俺を見上げた。

直後、スクッと立ち上がる。

「あれ？　もういいのかい？」

「こ……」

「こ？」

肩をプルプルと震わせて、かと思えばクルリと踵（きびす）を返す。

「これで勝ったと思うなよーーーー！」

そんな捨てゼリフを言い残して、猛ダッシュで去っていった。え〜と、なんだなんだ？

だが――

「ギャン！」

「あ、コケた……」

長いマントに足を引っかけて前のめりに転んでしまった。勢いがついていたので、痛そうだ。

「う、うぅう……」

鼻を擦りながらミモザが立ち上がる。

「……大丈夫？」

俺が声をかけると、睨んできた。

「これで勝ったと思うなよぉおおぉおおぉおぉおおお！」

同じセリフを残して、今度こそ走り去ってしまった。

「ミモザ様、よりにもよってあんな格好で……」

「あのマントの長さなら、走っても丸見えにはならないと思うが……」

ドルドと父上が少し心配そうに呟いた。全裸にマントって、まるでゼンラだな……嫌なもの思い出しちゃったぞ。

「全裸にマント、実にいい！」

兄貴が叫んだ。俺はあんたが残念だよ。

「ふん、とにかく一応は合格だが、あなたは予選からの参加です。せいぜい予選落ちなどという恥を晒さないことですね」

そしてドルドもまた、そう言い残して去っていった。ふぅ、何はともあれ、これで魔法大会に出られるな――

【ゼンラ視点】

「うわぁああああああ！」

「うん？」

私の横を一人の女の子が猛スピードで通り過ぎていった。マント姿だったが……私にはわかる。

あの子は間違いなく全裸だった！

「うむ、全裸はいいぞ。あの少女、わかっているではないか」

マントも脱げば一人前だがな。はっはっは——

ミモザもドルドも去り、俺たちも闘技場をあとにした。

外に出たところで父上がこちらを振り返る。その表情は、どことなく安堵(あんど)しているようだった。

「これで、試合に出れるな」

「はい。父様が大叔父様と交渉してくれたおかげです。ありがとうございます」

俺だけでは大叔父も交渉に応じてくれなかっただろう。父上の協力は素直にありがたかった。

「……ジン、私ができるのはここまでだ。ここから先はお前自身の力だけが頼りとなる」

「父様、それは少々語弊が。こいつが凄いのではなく、その魔獣が凄いのです」

諭す口調の父上に、兄貴が口を挟んできた。

父上が兄貴の方を向いて言う。

「ロイス、従魔契約というものは簡単にできるものじゃない。それを魔力もなく、しかもまだ子どもであるジンができたのは稀有（けう）なことであり、自身の実力と言えるだろう」

「そんな、父様はこいつを買い被りすぎです！」

俺としても驚きだ。ここに来て父上は、少しずつだけど俺への接し方に変化が見られる。魔法が使えるようになったから急に掌を返した、ということでもなさそうなんだよな。

「私の考えが間違っているかどうかは、大会が始まればわかることだ。ロイス、前にも言ったが油断はするな。大会ではお前以外にも才能溢れた逸材が出てくる可能性がある。ジンの魔法もこの年代では十分すぎるほどに強力だ。あまり自惚（うぬぼ）れると足を掬われることになる。お前もエイガ男爵家の長男たる自覚があるなら、そのことを忘れず真剣に試合に取り組むことだ」

「と、父様――」

兄貴が唖然（あぜん）とした顔を見せる。まさかここまで言われるとは思っていなかったようだ。本当、父上は最近兄貴には厳しいことを言うようになったな。

ただ、今回はそれもいたし方なしか。この町に来てから図書館とかに行っていたらしいが、兄貴が魔法大会に向けて何かしているところを見たことがない。町に着いてすぐに奴隷商館に行きたがっていたし、大会とは別の方面に目が行っていた気がする。

だからこそ父上もついつい厳しく言ってしまうのだろう。優勝してやると意気込むのはいいが、自分なら絶対に勝てると自惚れているようでは先はない。

まぁ、兄貴が奴隷を見に行きたいと言ったからこそ、俺は姫様と再会できたわけだが。

「……父様、だったらこの私がお見せしますよ。こいつは勿論、大会に出てくる選手どもと私の、絶対的な差というものをね！」

父上の言葉は、兄貴のやる気に火を灯(とも)したようだ。まぁ、どこから来ているかわからない自信のありようは相変わらずだけど。

続いて、兄貴はこちらを見て言う。

「ふん。とはいえ、お前は予選からの参加だ。本戦に出る前に予選落ちする可能性の方が高いと思うがな。さて、では父様。今から魔法を教えていただけませんか？　あぁジン、お前は適当に遊んでいていいぞ。魔獣頼みのお前じゃ父様の高尚な魔法など理解できないだろうからな」

「ロイス、お前がやる気になってくれたのはいいのだが……ふぅ、ロイスはこう言っているが、必要ならジンも一緒に来るか？」

「いえ父様。僕は僕でやってみます。それに僕はエンコウやマガミと一緒に修業した方が効果は高くなると思うのです」

「そうか。わかった、ならお前はお前で頑張ってみるといい」

「はい」

俺は頷いて、マガミとエンコウを連れて父上たちと別れた。

そもそも俺のは魔法ではないから、父上に教わってもあまり意味はないんだよな。とはいえ、エンコウやマガミの魔法という体でなんの忍法を使うかは考えておかないといけない。

さて、マシムとの約束がある。冒険者ギルドに行くとするか。

冒険者ギルドにはマグノリアと一緒に行くことになっていたから、近くで待ち合わせしておいた。

「……こんにちは」

「あぁ、昨日ぶりだな」

待ち合わせ場所には、既にマグノリアが立っていた。

聞けば、彼女も今来たところらしい。丁度よかったな。

それにしても、肩では相変わらず赤い蜥蜴……サラマンダーがボッ！　と火を吐いている。

「さて、それじゃあ行こうか」

「……ん」

「ガウ！」

「ウキィ！」

そして俺たちは冒険者ギルドに向かった。

ギルドの前にはマシムがいた。俺たちを歓迎してくれている。

「あら、よかった。来てくれたのね」

さて、その冒険者ギルドは朱色（しゅいろ）の三角屋根が印象的な白煉瓦（しろレンガ）造りの建物だった。二階建てで、出窓になっている。入り口の上部には、冒険者ギルドを表す紋章の刻まれた看板がかかっていた。

しかし、でかいな……エガの町にも冒険者ギルドの建物はあったが、こっちの方が大きい。

俺は看板を見ながら言う。

「鉄製なんだな。頑丈そうだな」

「昔は木製だったけど、いっつもすぐ壊れるのよ。思い切って鉄にしたわ」

「は？　壊れる？」

「燃えたりね」

「燃えたり？」

マシムの言っている意味がいまいちわからなかった。そしてよく見ると入り口の扉も鉄製だった。

とりあえずマシムが扉を開けてギルドに入っていくので、俺たちもついていく。

――ズコオオコオオオオン！

いきなり爆発音がした。足を踏み入れていきなりだ。というか爆発していた、ギルドの中心が。

――シュコココココココン！

今度は大量のナイフが飛んできた。マシムはそれを手で払い、ドアの脇にナイフが突き刺さっていく。

そして何事もなかったようにマシムが中に進む。いや、ナイフには無反応かよ。なんか不安しか感じないのだが――

「てめぇ、やったなこら！」

「やって何が悪い！」

「ぶっ殺すぞこらぁ」

「それはこっちのセリフだ、今日こそ決着つけてやらぁ」

「なぁ、今度一緒にメシ行こうぜメシ？」

「てめぇ、俺のナミちゃんに何勝手な真似してんだ！」

「あ～ん？　誰がいつお前のものになったんだ？　死ぬかこら！」

「やれるもんならやってみろ！」

「ぎゃははははは、やれやれ～」

「こっち酒おかわり～ヒック」

……うん、なんだこれ？

ギルドの中は怒号と暴力に溢れていた。魔法が飛び交い、素手で殴り合う奴らもいれば、武器を持って斬り合ったりしてる奴らもいる。飛んできたナイフは、冒険者の一人が投げまくっていたもののようだ。併設された酒場ではそれらの喧嘩……喧嘩なのか？　とにかくそれを煽って喜んでいる奴や、樽ごとグビグビ酒を飲んでいる奴なんかがいた。

なんだこれ？　なんだこれ？　こいつら、冒険者なのか？　荒くれ者すぎるだろ。あれ？　俺間違って盗賊団にでも来てしまったか？　マグノリアも目をパチクリさせてるぞ！

「……凄く楽しそう」

いや、マグノリアはなんか別の受け止め方をしていた。楽しそうなのか？

「ガ、ガウ？」

「ウキキィ！」

マガミは戸惑っていたが、エンコウはいいぞもっとやれと言わんばかりにはしゃいでいた。

するとマシムが、はぁ、と息を吐き出す。

「ちょっとメグ！　ギルドで爆発系の魔法は使うなって言ってるでしょ！」

「え～？　でもでも、喧嘩を止めようと思って、そしたらもう、爆破するしかないですよね？」

その時、周りの冒険者たちが次々に声を上げる。

「こえ～よ馬鹿！」

「爆発で怪我した人を回復する身にもなってよ！」

「そもそも喧嘩まだ続いてるし」

「ふっ飛ばされたの、喧嘩とまったく関係ない連中だしな」

どうやらさっきの爆発は、目の前でキョトンとしている魔法士の女がやったようだ。室内で爆発魔法を使うって、普通にヤバい思考な奴だと思うぞ。

俺の横にいたマグノリアがおもむろに口を開く。

「……爆発は危ない」

「そうだよな」

「……燃やせばいい」

「え？」

「切り刻んでもいい」

「はい？」

マグノリアの反応はやはりおかしい。物騒な考えをお持ちで……

続いて、マシムはナイフを投げまくっていた女に話しかけた。

「ダガーも、やたらめったらナイフ投げてるんじゃないわよ」

「やたらめったらじゃないわ。好きで投げてるの」

「余計悪いわよ。依頼人に当たったら洒落にならないって、いつも言ってるでしょ？」

「あはは、嫌だなぁ。その時は治せばいいじゃん」

マシムが頭を抱えた。気持ちはわかるぞ。

「……凄く合理的」

「ガウッ!?」

「ウキキッ」

マグノリアの発言に、マガミが驚いて吠えた。一方、エンコウは手を口に持っていき笑っている。

マグノリアもそうだが、マガミとエンコウもギルドに対しての感じ方が違うぞ。

なおもマシムの説教は止まらない。

「あんたらも喧嘩するなら外でやりなっていつも言ってるでしょう！」

「おいおい、そうは言うけどよ。こないだ外でやったら、衛兵に追いかけられちまったんだぜ？」

「ぶっ飛ばして逃げ切ったけどな」

ガッハッハ！　と喧嘩してた中の二人が急に息が合ったように語りだした。衛兵をぶっとばすのはまずいだろ。

「……しまった。私も昨日ぶっ飛ばせばよかった」

マグノリアが指をパチンッと鳴らして、失敗した、みたいな顔をする。

「真似しちゃ駄目よ」

マシムの言うように、それをやったら面倒なことにしかならないぞ。

「言っておくけど衛兵殴って捕まっても、こっちは責任取れないからね。モテナイとナンパも、いい加減うちの受付嬢を口説くのやめなさい。無駄なんだから」

「ひど！」

「こいつが邪魔しなきゃ上手くいってるんだよ」

「あぁん？　それはこっちのセリフだぜ！」

「あはは、どっちも無理～」

受付嬢らしき女性は、笑いながら喧嘩する二人に冷たいことを言っていた。

「やれやれ、こいつらは本当どうしようもないわね」

マシムがぶつくさと言いながら先に進む。

俺もとりあえずついていくが、正直に言って帰りたい。さっきから不安しか感じていないんだが。

「マスタ～この子だれ～？」

「おわ！」

急に誰かに抱きつかれた。見てみると、長い金髪の女だ。俺の体をベタベタと触ってくる。

「うふっ、可愛い。食べちゃいたいかも。よし食べよう」

「は？　って、おい！」

今度はいきなり腕を引っ張ってきたぞ！

「ちょっとエロイ、その子、どこに連れていく気よ」

「宿よ。持ち帰って味見しようと思って」

「……食べるの？」

素朴な疑問を述べるマグノリアを見て、エロイと呼ばれた金髪の女が笑みを浮かべる。

「あら、こっちの女の子も可愛いじゃない。磨けば光りそうね。うふっ」

お、おいこいつ、大丈夫か！

「やめなさい。私のお客よ。どうしてもというならこっちの用事が終わってからにしなさい」

「おい！　何勝手なこと言ってんだよ！」

「……ジンはこのあと食べられる？」

「いや食べられねぇし！」

「うふふ、ちなみに食べるっていうのは食事的な意味じゃなくて――」

「やめろ馬鹿！」

エロイが妙なことをマグノリアに吹き込もうとしていたから、つい叫んでしまった。

それにしてもなんなんだこいつら。とにかくこのエロイって女はヤバそうだから逃げておくか。

「あれ？　いつの間に？　って、ちょっとどうして逃げるのよ」

「勘弁してくれ」

美人だしスタイルもいいけど、俺を見る目が危ないんだよな、この女。

「よし坊主、まずは駆けつけ一杯だ！　ほら飲め！」

なんなんだ次から次へと……今度はガタイのいいおっさんがやってきた。酒臭いな。

「俺、まだ子どもなんで……いや樽で寄越してくるのかよ！」

「ビア、あんた飲みすぎ。あと自分基準で考えるのやめなさい。普通は樽でなんて飲めないんだから」

「何！　俺の酒が飲めないってのか！」

「飲めないって言ってるのよ」

チェッと舌打ちして、ビアという男は席に戻って樽をあおって酒を飲みだした。座っているテーブルの辺りには樽が二桁に届くくらい転がっている。蟒蛇（うわばみ）もいいところだ。

「だから肉は牛が最強だって言ってんだろが！」

「は、豚の旨味（うまみ）がわからないなんてお前の舌はどうかしてるぜ」

そして向こうではそんな会話から喧嘩に発展しているし。喧嘩する理由がどうでもよすぎるだろ。

と、その時。突如として冒険者ギルドに凛々しい女性の声が響き渡る。

「お前たち、いいかげんにしろ！　ギルドを爆発させるわやたらめったらナイフを投げるわ、ましてやマスターのお客様にまで絡んで恥ずかしくないのか！」

お、おお。どうやらこのギルドにもまともな思考の持ち主はいるようだな。

そりゃそうか。登録している冒険者の全員が全員、まぁ、こんな感じなわけがないし。

冒険者たちを一喝した女性は、俺の背後から声をかけてくる。

「少年、悪かったね。恥ずかしいところを見せてしまった。二級冒険者としてお詫びするよ」

なるほど、二級冒険者か。制度にそこまで明るくないが、口ぶりからしてそれなりの立場にいる人物なのかもしれない。忍者も階級が上がって上忍くらいになるとあまり恥ずかしい真似はできなくなる。俺も上忍時代は気を遣ったものだ。

聞こえてる声からはどことなく涼やかな雰囲気がある。きっと身なりのきっちりとした爽やかな冒険者なのだろうな。

俺は後ろを振り返り――

「いえいえ、俺はそんな気にしてませ、うぇえええぇえぇええぇええぇえ!?」

「ガウン!?」

「ウッキャア!」

あまりのことに、叫び声を上げてしまった。マガミも叫んだ。エンコウは目玉が飛び出さんばかりな驚きようだ。

いやいやちょっと待て！　待て待て待て！　この女、素っ裸なんだが!?

「おや、どうしたのかな少年？」

「どうしたのかな少年、じゃないわよ。あんた、いいから服を着なさい」

「うん？　なんでだ？」

なんでだじゃねぇええぇええええ！　てかこの女も全裸かよぉおおお！

ヤバイよ。この冒険者ギルド、本格的にとんでもない匂いがプンプンしてるよ。昨日のゼンラもそうだけど、なんでここには全裸の人間が大量にいるんだよ！

マシムはやれやれとばかりに、ため息を吐く。

「あんたね。いつも言ってるでしょ？　女の時くらい羞恥心を持ちなさいって」

「何故だ？　私はやましいことなど何一つないのだぞ？　それはイコール全裸だろ？　少年もそう思わないか？」

「まったく思わないので服を着ろ」

「ははは、断る」

笑顔で断られたよ。もう嫌だ。何このギルド。そして目のやり場に困る。

「まったく……そんな格好で出歩いて、襲われても責任取れないわよ」

「何故襲われるのか理解できないが、その時はアレを切るから大丈夫だ」

キランっと白い歯を輝かせて何言ってるのこの人！

すると、周りの冒険者が口々に言う。

「ハッ、今更ゼンラの裸なんて見たところで、俺の息子はピクリとも反応しないぜ」

「まったくだ。ここにいる野郎どもはむしろ呆れてるぜ。大体奥ゆかしさってのが足りないのさ。恥じらいの一つでもあれば可愛げがあるが、そんなにあけっぴろげにされちゃ興ざめだ」

そういうものなのか……確かに堂々としていれば、逆にセーフ……なのか？

だが、マシムはこんなことを言った。

「あんたら以前、真っ先に手を出そうとして大事な息子を切られてたでしょ」

「切られたのかよ！」

俺のツッコミに対し、冒険者たちはケラケラ笑う。

「はは、あれ以来こいつの顔を見るだけですくみ上がるぜ！」

「ちょっと触ろうとしただけなのによ」

「端的に言って最低ですね。死ねばいいのに」

うわぁ～受付嬢がゴミを見るような視線を男たちを向けているよ。

「……ある意味潔い」

マグノリアがぐっと拳を固めて言った。何がどうなったらそんなポジティブな感想を持てるのか。

ところで、さっき気になる単語を耳にしたんだが。マシムに聞いてみるか。

「冒険者の一人があの女のことをゼンラって呼んでたんだが、そういう称号なのか？　もしくはあいつの姉とか妹なのか？」

「どっちも違うわ。彼女はゼンラ本人よ」

「あっはっは！　少年に少女よ。昨日は世話になったな」

はい？　いやいや、昨日見たのはムキムキの全裸な男だぞ。

「……昨日いたのは男」

マグノリアも不思議そうにしている。

すると、マシムが説明してくれた。

「ゼンラも刻印（ルーン）使いなのよ。性の刻印（ルーン）と言ってね。性別を自由に入れ替えられるの」

性別の入れ替えと来たか……またとんでもない刻印（ルーン）もあったものだな。

ゼンラは全てをさらけ出したまま、マシムと会話する。

「ところでマスター。この間、私が提案した件はどうなっているかな？」

「提案？　なんだったかしら？」

「やれやれ、私が三日三晩一睡もせずに作成した提案書だというのに、それでは困るな」

「……あぁ、もしかしてあれ？」

「うむ、その通り！　冒険者ギルド内の制服を全裸で統一しようというあの件だ！」

いや、本当この人何を言ってるの？

「……斬新」

「おい！」

マグノリアの反応がいちいちおかしい！

「てっきり冗談なのかと思ったわよ。そして言うまでもなく却下よ」

マシムの言葉に、ギルドの面々がそれぞれ違った反応を見せる。

「よ、よかった～」

「ゼンラさん、あれさえなきゃ凄くいい人なのに。私たちにまで全裸はいいぞなんて言って署名を求めてくるのはちょっと……」

安心する女性陣。

「チッ……」

「わかってないなマスターは！」

悔しがる男性陣。見事に反応が分かれている。

ゼンラは信じられないといった調子でマシムに詰め寄った。

「何故だマスター！　過半数の署名も提出しているのだぞ！　人間は生まれた時には皆、裸。つまり全裸だったのだ！　だからこそ制服には全裸！　これの何が間違っているというのか！」

「いいぞゼンラ！」

「俺たちはお前を支持するぜ！」

うーん。これほど支持層が明瞭な署名もあるまい。

「ざけんじゃないわよ！　このスケベども！」

「絶対に嫌だからね！　女でこれを認める奴なんて一人もいないんだから！」

「あ、ごめん私サインしたかも」

「エロイさーーーーん！」

「なんでよ！　あなただって裸はいやでしょ流石に！　いや普段の格好も裸みたいなものだけど！」

「ウッキィ～」

「ガウ……」

エンコウがエロイを見て興奮している。何を想像したんだ何を。兄貴分のマガミが呆れているぞ。

エロイはこちらを見て、何故かよだれを垂らす。

「だって、制服が全裸になったら可愛い少年とかがギルドに入ってきた時……ぐふっ――」

「自分の身の危険を感じるんだが!?」

色々な意味で怖すぎる。

「マスター、聞いての通りだ。これだけの賛同を得られているのに何が駄目だというのだ！」

真剣な表情でゼンラが声を張り上げる。一見すると何やら凄く大事な話をしているようにも思えるが、その内容は制服を全裸にするかどうかだ。

「わかった。教えてあげるわ。いい、ゼンラ？　制服が全裸なのが駄目な理由はね」

「うむ」

「そもそも全裸は服ではないからよ！」

「ハッ！　そ、そうか。しまったーーーーーー！」

ゼンラが両手で頭を抱え、そして膝をついてガックリとうなだれた。

いや、もう茶番はいいから服を着ろ！　本当すっかり流してたけど、ずっと全裸だからこの人！

そしてまともな人がいると期待した最初の俺の気持ちを返せ！

「さ、話は終わったし行くわよ二人とも」

「……ん」

マシム、ギルドマスターとしてお前はそれでいいのか。放置でいいのか。この状況を受け入れているのはマグノリアだけだぞ。そもそもよく受け入れられるなって話だが。

ということで、俺は正直に自分の気持ちを話す。

「なぁ、俺もう帰りたいんだけど駄目？」

「駄目」

そして俺は帰ることも許されず、マグノリアと一緒に二階のギルドマスターの部屋へ案内された。

「ま、そこの椅子にでも適当に座りなさいな」

「あぁ……」

「……わかった」

マシムに促され、俺とマグノリアは革製のソファーに腰をかけた。マガミはソファの横で伏せている。エンコウは定位置、つまり俺の肩の上だ。

「はい、まずは焼き菓子」

マシムがテーブルの上に菓子の入った器を置いた。

「……食べていいの？」

じーっとそれを見ながらマグノリアが聞く。

「勿論よ」

マシムの許可が出たので、手を伸ばしてポリポリと食べ始めた。

あまり表情の変化が見られない子だけど、焼き菓子は気に入ってるように思える。リスみたいだ。

俺も数個手に取り、マガミとエンコウに食べさせてあげる。

「美味いか？」

「ウキィ」

「ガウガウ」

二匹とも、美味しそうに咀嚼しているな。

「飲み物は紅茶でいいかしら？　なんなら変わったところで珈琲なんてものもあるけど？」

珈琲か。こっちの世界にもあるんだな。前世でもあった飲み物だ。南蛮からやってきた珍味で、

俺も数えるほどしか飲んだことはないが……あまり得意ではなかった。

「俺は紅茶でいい」

「……私は珈琲」

「そう。今淹れるわね」

俺とマグノリアが答えると、マシムはすぐそこで支度を始めた。

待っている間、マシムと世間話をする。

「あんた、魔法は使えるのか？」

「使えないわよ。だからこそ刻印を使ってるんだし」

「うん？　魔法と刻印に何か関係あるのか？」

「ま、知らないならあとで教えてあげてもいいけど。まずはお茶を楽しみましょう」

そう言って、マシムが紅茶と珈琲入りのカップをテーブルに置いた。どうぞ、と促されたので口をつける。

「うん、美味い紅茶だな」

「そう、よかったわ」

「……苦い」

一方、珈琲を口にしたマグノリアは顔をしかめる。

「珈琲はそういうものだぞ。飲んだことなかったのか？」

「……なかった。変わってるというから飲んでみた」

なかなかチャレンジ精神が旺盛な子だ。

「はい、それならこの砂糖を入れるといいわよ」

「……ありがとう」

マグノリアがマシムから砂糖を受け取り、わりとたくさん入れて飲んだ。そしてわずかに微笑む。

甘いものが好きらしい。

「さて、落ち着いたところでいいかしら？　昨日も言ったけど、調書を取らないといけないのよ」

「……わかった」

「ま、仕方ないな」

俺たちは昨日の出来事についてマシムに答えていった。マシムは「念のために刻印(ルーン)を使わせてもらうわね」と言っていたけどまったく光ることはなかった。

「質問はこれで終わり。ご苦労さま」

「こんなのでよかったのか？」

「……お菓子、まだいい？」

俺とマグノリアが別々の問いかけをした。見ると器にはもう焼き菓子がなかった。結構遠慮なく食べたなぁ。

「いいわよ。ふふ、随分と気に入ったのね」

マシムが優しく微笑んで、焼き菓子を追加してくれた。人格者である。

話が一段落したので、俺は先ほどの質問をもう一度投げかける。

「ところで、その刻印(ルーン)は結局なんなんだ？　マシムの嘘を見破る力もそうだけど、性別を変えるとか、妙な力が身につくみたいだが魔法とは違うんだよな」

「そうね。かつては魔法を使えない人が、対魔法士用に利用していた力よ」

「……？　魔法を使えない人限定なの？」

マグノリアが首を捻った。

「まずは刻印（ルーン）について教えるわね。刻印（ルーン）は体のどこかに特殊な印（しるし）を刻むことで、その印に付与された力を扱うことができるようになるというもの。一応刻印（ルーン）の行使には魔力が必要なんだけど、刻印（ルーン）は強制的に魔力を集める性質を持つから、たとえ魔力が少なくても行使できる——それが対魔法士用とされた理由よ」

つまり魔法士としての才能に恵まれなかった者でも、刻印（ルーン）さえ刻めば強力な力を扱える。だからこそ対魔法士の力というわけか。

俺はマシムに質問する。

「それだけ便利な力なら誰もが欲しがりそうだな。特に冒険者ならそう思うんじゃないか？」

「確かにね。でもここからが大事なんだけど、まず刻印（ルーン）は魔力が少なくても発動できる代わりに、相当の体力や精神力を必要とする。刻印（ルーン）にも色々な種類があって、効果が大きいほど体力や精神力の消費も大きいわ。そして刻印（ルーン）は強制的に魔力を集めるから、常に魔力が吸われているような状態に陥る。これが結構キツイのよ。だから冒険者なら誰でも扱えるって代物でもないわ。身の丈に合わない刻印（ルーン）なんて手にしようものなら、そのまま死ぬこともあるし」

死んじゃうのか……それなら確かに気軽に試せるものでもないな。

続いて、マグノリアが尋ねる。

「……魔法士が刻印（ルーン）を刻まない理由については？」

「それも刻印（ルーン）の性質が関係している。魔法を扱うには繊細な魔力操作が不可欠。詠唱はそのためにもあるのだけど、刻印（ルーン）は強制的に魔力を印に集めてしまう」

「あ、そういうことか。つまり刻印（ルーン）によって魔力操作ができなくなる。当然そうなれば魔法が上手く扱えなくなるってことだな」

「そう。だから魔法士は刻印（ルーン）に頼らない。才能があるのに魔法が使えなかったら本末転倒だしね」

なるほどな。気軽に使えるような代物ではないってことだ。

「理解した？」

「あぁ、おかげさまでな」

「……勉強になった」

「そう、それはよかった。ところで大会はどうなの？　やっぱり魔法大会に？」

「あぁ、午前中はそのことで大叔父を説得しに行ってたんだ。無事出場できることになったよ」

「へぇ、でもよくあの伯爵が認めたわね。魔力至上主義だから、ちょっと心配してたのよ」

あいつが魔法中心の考えなのは、わりと知られているみたいだ。

「テストさせてもらって、合格したんだ」

「……ジンの魔法は強い。あれで認めなかったら真性のバカ」

「ガウ！」

「ウキキィ！」

マグノリアの言葉に、マガミとエンコウがそうだとばかりに鳴く。それにしても、マグノリアは最初に比べると俺への対応が随分と変わってきたな。

「でも、それならそれで気をつけることね」

「気をつける？」

俺が首を傾げると、マシムは詳しく説明してくれた。

「魔獣使いは魔獣がいなければ力を発揮できない。つまり、もし魔獣が捕まりでもしたらその力は失われるわ」

そういうことか。実際は問題ないが、魔獣使いで通しているのにマガミやエンコウがいない状態で忍法を行使するのはまずいんだな。もっともマガミやエンコウを捕まえさせるなんてしないけど。

「そもそもどのぐらい離れたら使えなくなるものなんだ？」

情報収集のためにそう聞いたら、意外そうな顔をされた。

「あら？　それはあなたの方がよくわかってるんじゃない？」

「あ、いや。今のところはそういう感覚がないから一般的なものを知りたくて」

「あら、駄目よ。そういうのはしっかり調べておかないと」

マシムが肩を竦めた。確かにその通りだったな。

「そうね。大体十メートル以内と言われることが多いけど、中には数キロ離れても大丈夫だったという逸話もある。ただ、基本離れれば離れるほど魔法の効果は落ちるから油断しないことね」

そうなんだな。基本的には目の届く範囲に入れば問題ないって覚えておけばいいか。

「ところでマグノリア……名前が長いわね。マグって呼んでいいかしら？」

「……好きに呼んでくれて構わない」

「あ、じゃあ俺もマグでいいか？」

「……ん」

許可が出たし、今後はマグと呼ぶか。マグは心なしか嬉しそうに見える。

「あなた昨日、薬に随分と拘(こだわ)っていたようだけど何か理由があるの？」

確かに昨日のマグの様子には、執着めいたものを感じた。

「……私の暮らした村が襲われた。魔薬と関係している可能性が高い」

「そういうことなのね――」

憐れむような目をマシムが向ける。魔薬ねぇ……

「その魔薬っていうのは、そんなに出回ってるものなのか？」

「被害は増えてるわ。特にこの町はそれが顕著よ。魔薬は従来、ただ依存度が高いだけの代物だった。それでも最終的に廃人になるから看過(かんか)できないんだけど、最近はあなたも見たように肉体的に変調を来たす薬も増えてきてる。これは由々(ゆゆ)しき事態よ。ステージが変わったと私は見てるわ」

「あの冒険者たちもそれに関わっていたってことだよな？」

「間接的にね。おそらく人攫いの目的は実験だと私は睨んでる。中にはただ奴隷として売られたというケースもあるけど、それはあくまで真の目的を隠蔽（いんぺい）するためだと思っているわ」

　そこでマシムは一度言葉を切り、マグの目を見て再び口を開く。

「あなたの事情はわかったわ。約束だし可能な限りは協力できたらと思う」

「……助かる」

「ただ、気をつけてね。魔薬を扱う組織は大きいわ。しかも特に若い子を狙ってるふしがある。大会は連中にとって格好の餌場よ。参加者が狙われる可能性は十分にあるわ。それに——いえ、とにかく気をつけて。それと、これからは気兼（きが）ねなしにギルドに来ていいからね」

　最後にマシムが俺たちに注意を呼びかけてくれて、その場での話は終わった。

　ギルドを出たあと、マグが俺を振り返る。

「……大会が楽しみ。だけど試合になったら、私が勝つ」

　そう言い残して去っていった。ふぅ、俺も兄貴にだけ気を取られている場合じゃないな——

　次の日、デトラとデックを乗せた馬車が町にやってきた。大会は明日行われる。
「ジン！　早速で悪いけど、明日のために付き合ってくれないか？」
　俺と顔を合わせるなり、デックがそう願い出た。剣の稽古に付き合ってほしいということだろう。

よし、みっちり教えるとするか。大会はもう明日だし。それと、デックに俺が魔法大会に出ることを話しておかないと。

「わかったよ。なら丁度いいところがある」

「丁度いいところ？」

俺の言葉に、デックが首を傾げた。

「剣の練習ができるところがあるの？」

デトラも聞いてくる。そうだな、デトラにも丁度いいかもしれない。

「ちょっとした事情があって冒険者と知り合えてね。それでギルドにいつでも来ていいって言われたんだ」

「おお！　つまりギルドで訓練できるのか！」

「そういうこと。他の冒険者も見られるし、デトラにも参考になるんじゃないかな？」

「うん！　私も行きたい！」

「よし、それなら早速行くか！」

「ガウ！」

「キキィ！」

「え！　お前、武術大会じゃなくて魔法大会に出るのかよ！」

ギルドに向かう道すがら、俺はデックに事情を話しておいた。

「伝えるのが遅くなって悪いな」

「だけど驚きだよ。ジンには魔力がないって話だったしさ」

「あぁ、それは今も変わらないけど、エンコウやマガミとの従魔契約のおかげで魔法が使えるようになったんだ」

するとその言葉にデトラが反応する。

「へぇ～凄いんだね、エンコウちゃんもマガミちゃんも。魔獣だったなんて、驚きだよ」

「ガウガウ！　クゥ～ンクゥ～ン」

「キキィ」

エンコウとマガミが元気よく答えて、そのあとデトラに頭を撫でられたりお腹をモフられたりして気持ちよさそうにしていた。

「よかった。魔獣と聞いても可愛がってくれて」

「え？　はは、当然だよ。エンコウちゃんもマガミちゃんも、大事な友達だもん」

「アン！　ガウガウ」

「はは、くすぐったいよぉ～」

マガミがデトラの顔を舐めた。尻尾をパタパタと振って凄く嬉しそうだな。

でも、デトラが変わらずにいてくれてよかった。知らない人にとっては魔獣は怖いものという認識があるようだし、それに実際凶暴な魔獣もいるらしいしね。

歩きながら、デックがぶつくさと言う。

「しかし残念だぜ。せっかく成長した俺の技を見せられると思ったのにな」

「はは、デックの試合はしっかり見に行くって」

「いやいや、俺としては試合でお前と戦ってみたかったってのもあるわけで」

「でも、お兄ちゃんジンさんと当たったら負けちゃうよね……」

「な！　そ、そんなのわからねぇだろ！」

「でも、お兄ちゃんを教えているのジンさんだし。お兄ちゃん、練習でも一本も取れないし」

「ぐっ！」

デックが胸を押さえてよろめいた。デトラの言葉が刺さったようだ。

「てか、お前だって俺のこと言えないだろう？　ジンは魔法大会に出るんだぞ」

「あ！　うぅ、言われてみれば……ジンさんに当たったらどうしよう……」

デトラが肩を落としてしまった。

ちょっとかわいそうだが、もしデトラに当たっても俺は負けるわけにはいかない。ただデトラにとっても大事な大会だ。いい成績を残して、魔法学園に行きたいようだしね。

だから、俺の方でもなんとかしようと思っている。予選にしろ本戦にしろ抽選で組み合わせが決まるらしいから、デトラと俺が早いうちにかち合わないよう忍法で上手く調整するつもりだ。

聞いた話によると、本戦には十六人が選出され、準決勝まで残ることができて実力を認めてもらえたら学園に行く道が開けるとのこと。

「でもジンが出ないなら、俺も優勝が狙えるかもな！」

俺から話を聞いた直後は残念がっていたけど、デックはもう優勝を目指すという意気込みを見せている。兄貴と違って自惚れから来るものではないな。俺との特訓が自信に繋がったなら教えた甲斐もあるってものだ。

とはいえ、一応釘は刺しておくか。

「張り切るのはいいけど、武術大会では俺なんかよりずっと強いのが出てくるかもしれないぞ」

「いや、それはないだろう」

「ジンさんより強い相手というのは想像もつかないかも……」

「ガウガウ！」

「キキィ！」

なんか二人、それにマガミやエンコウまで、俺を随分と評価してくれているな。確かにこの年代の相手には負けるつもりはないけどさ。

ただ、武術大会にはミモザが出るからな。昨日のテストで把握した限りだと、同年代というくくりでは男でもそう簡単には勝てない腕は持っていそうだ。

「さて、とにかく稽古だな。早いところギルドへ向かおう」

「おう！　今日こそ一本取ってやるぜ！」

「わ、私も魔法の訓練しないと」

「ガウガウ！」

デックとデトラが大会を意識して張り切ると、マガミが応援するように吠えた。

その後も冒険者ギルドを目指して歩いていると、マシムとばったり出会った。

「あら、ジンじゃない。奇遇ね」

丁度いいと思い、俺はデックたちを紹介する。

「マシム、二人は俺の故郷の友達だ」

「デックだ！」

「デトラです」

「あらあら。元気な子たちね」

その時、デックが俺を肘(ひじ)で突いてきて誰なのか？　と目で訴えてくる。

「この人は冒険者ギルドのマスターだよ。マシムって言うんだ」

「よろしくね、坊やたち」

「え！　ぼ、冒険者ギルドのマスターーー！」

「そ、そんな偉い方とはつゆ知らず、し、失礼しました！」

うん？　デックがやたら驚き、デトラは急に謝りだした。いや、今の会話の中で特に失礼になることはないだろう。

「デックもデトラもそんなかしこまることないって。なぁ？」

「ガウガウ！」

「ウキキィ！」

マガミとエンコウが頷く。

「そ、そうは言っても……」

「普通は冒険者ギルドのマスターになんてそうそう会えるものじゃないんだぞ。エガの町のマスターも、俺は見たことないし」

デックが俺に教えてくれた。そう言われてみれば俺もエガの町にはよく行っていたけど、そこのマスターは知らないな。

そもそもこれまで冒険者ギルドとは接点がなかったもんな。エガの町の近くで盗賊に襲われていた冒険者を助けたことはあったけど、その時の俺は素性を隠して深く関わらなかった。ゴブリンが増殖した時にも俺は基本個人で動いていたし。

だから本格的に冒険者やギルドと関わることになったのは、この町が初めてということになる。

「それにしても、デックは今までギルドマスターに会ったことなかったのか」

「そりゃそうだ。俺にとっちゃ憧れの存在でもあるけどな。騎士が無理なら冒険者を目指そうとも思っているし。その冒険者をまとめるマスターと会えるなんて光栄だ！」

「あらあら。そんなにも冒険者のことをよく思ってくれているなんて嬉しいわね。なら、私もがっかりさせないようにしないと」

そうだな。だったらとりあえず、俺が最初にギルドに行った時にいたような冒険者に会わせないことが大事かもしれない。特に全裸を正装、マントを余所行きだなんて口にしているあれとか。

「でも、マスターとジンは一体どこで知り合ったんだ？」

デックが不思議そうに俺に聞いてきた。デトラもどことなく気になっているようだ。

さて。どう答えたものか。別に隠すことでもないけど、事件について正直に話したら余計な心配をかけそうだ。

すると、マシムが俺の代わりに答える。

「この子、前に市場でぼったくられそうになっていてね。それで声をかけたのがきっかけね」

「ぼったくられたって、おいおいジン。何してるんだよ」

「ジンさんでもそういうことあるんだね」

な、なるほど。確かに初対面はあの時だったな。今の話は嘘ではない。

ただ、俺がちょっと残念な感じになってしまったけどな！

「さて、私はちょっと行かなきゃいけないところがあるから付き合えないけど、ギルドには伝えてあるから好きに遊んでいってね」

マシムはそう言い残して去っていった。背中に随分と大きな背嚢が見えたな。ふむ、まぁいいか。

俺たちは冒険者ギルドに到着し、地下にある訓練場を使わせてもらった。

ちなみになんとタイミングのいいことに、この日はデックやデトラの冒険者への印象を悪い方に変えかねない連中がいなかった。

おかげで充実した訓練ができるかと思っていたら、途中からメグがやってきた。ギルドを爆破していた女だ。

「はぁ、終わった。これで二人の夢が壊れる」

「ちょっと。いきなり失礼じゃない？」

俺がため息交じりに言うと、メグは不機嫌そうに言った。

そうは言っても、どこもかしこも爆発させるような魔法士だし。

とはいえ、出ていけと言うわけにもいかない。仕方なく、俺は二人にメグを紹介する。

互いの自己紹介が終わり、デトラはメグに尋ねる。

「あの、メグさんは魔法士なのですよね？」

「そうよ。そっちの黒髪の子は勘違いしてるみたいだけど、私はこう見えて優秀な魔法士なの――」

「メグさん！　また魔法で素材をあんなメチャクチャにして……気をつけてくださいね！」

優秀な魔法士さんに、わざわざ訓練場までやってきた受付嬢が注意していた。

「素材を傷つけるのが優秀な魔法士の証明なのか？」

「た、たまにはそういうこともあるわよ」

俺の言葉に、気恥ずかしそうにメグが言う。

やれやれと肩を竦めていたら、デトラが真剣な目でメグに話しかける。

「あ、あの、なら私に魔法を教えてもらえますか！」

「へぇ、魔法に興味があるんだねぇ。いいよ、何を爆破したいのかな？」

「え！　いいえ、特に何か爆破したいってことは……」

「遠慮しなくていいわよ。すかした小生意気な男に無理やり言い寄られた時に股間を爆破したくなる時ってあるよね？」

「え？　こ、股間？」

「そんなんあるかぁああ！」

俺はつい叫んでしまった。デトラに何を教えてるんだ、こいつ。

「あの、私は爆発の魔法は使えなくて。使うのは植物を操れる魔法なんですが……」

「植物を？　へぇ、変わった魔法を使えるんだね」

メグの目つきが変わった。デトラに興味を持ったようだ。

「爆発以外の魔法にも興味があるんだな、あんた」

「本当に君、私のことをなんだと思ってるのかな？」

「爆発」

「それ、人を形容するために使う言葉じゃないから！　まったく、君と知り合って一日しか経ってないのに、失礼だなぁ」

ブツブツ言いながらも、メグはデトラに顔を向ける。

「魔法士を目指す子どもに魔法を教えてあげるのも大人の務めだものね。いいよ、教えてあげる」

「本当ですか！　ありがとうございます！」

こうしてメグがデトラに魔法を教えることになった。俺は一気に不安になる。

「彼女は植物の魔法を扱うんだぞ？　植物を爆破する魔法じゃないぞ？」

「知ってるよ。大体私だって植物は爆破しないし。山ならいずれ爆破してみたいけどね」

それはそれでどうかと思うが……

「それに、私が使うのは爆発の魔法だけど、どんな魔法にも通じる基本というのがあるんだよ」

指を立てて俺に説明してきた。確かに忍者もそうだ。基本を疎(おろそ)かにしてはいい忍者にはなれない。

「基本ができていないと魔法を使うにしても余計な魔力を消費してしまうこともあるんだよ。だから同じ魔法でも一人一人違ったりするんだから。とにかく最初のうちは魔力制御を徹底的にやることね。それを私が教えてあげる」

「と言ってもデトラも明日には試合だからな。今から基本を磨いてどうにかなるかな？」

デックが腕を組んで疑問を口にした。デトラも不安そうな表情になる。

「う、うぅ、確かにあまり時間が……」

「まぁ、それは実際に見てみてからかな。植物魔法を使えるんだよね？　今の魔力はいくつなの？」

「え～と、最後に測った時は五十五でした」

「五十五か……一応今の魔力も見ておこうか」

メグは一旦訓練所を出て、ギルドから魔力測定に使う水晶を借りてきた。

「い、行きます！」

デトラが水晶に手を触れると、青白く輝き始めた。そして水晶の中に文字が浮かび上がる。これは特殊な文字みたいなもので、それで詳しい数値がわかるのだとか。

「へぇ～、魔力七十だよ。最後に測ったのいつ？」

「数日前、エガの町での事前試合の直前です。あんまり日にちは経ってないのに、そんなに伸びてるなんて……」

「多分、デトラちゃんは今が魔力の成長期に入ってるんだと思う。人によって時期は違うし、中には黙っててもぐんぐん魔力が伸びるようなのもいるけど、とにかく、今が一番大事な時だね」

「は、はい！　それを聞いて、希望が見出せました！」

グッと拳を握って張り切りだした。

そしてそれからデトラはメグから基本をみっちり教わることになった。

「植物を操る魔法は魔力制御が大事だから、おそらくデトラちゃんはセンスでそれができているんだと思う。長所を伸ばせば、わずかな時間でも結果に繋がるから頑張ろうね」

「は、はい！」

意外にも、メグはしっかり指導するタイプだった。

「俺も頑張らないとな。頼むぜジン！」

「あぁ、そうだな」

俺とデックも剣の稽古を開始する。

「ガウ！」

「ウキィ！」

だが、エンコウとマガミが、突如俺の背後に回り込んできた。

「キャウン！　クゥ〜ンクゥ〜ン」

「ウキィウキィ」

「お、おい、どうしたマガミ？　デックと練習中なんだが、て！　うぉ、臭！」

「すげぇ、酒クセェ、なんだこれ？」

「はっは、坊主ども。なかなか面白いことしてるじゃねぇか」

あぁ、どうりで嗅覚の鋭いマガミとエンコウが俺の後ろに隠れるわけだ。やってきたのはビアだからな。普段から樽で酒を飲んでるような奴だ。一気に訓練所が酒臭くなった。

俺はビアが持っている樽の酒を見ながら言う。

「今も酒を飲んでるんだな」

「俺は飲むのも仕事だからな」

そう言って樽酒をラッパ飲みし始めた。

「こ、この人も冒険者なのか？」

「まぁ、そうなんだろうな」

デックの質問に、俺は仕方なく頷く。

まったく、平穏に終わるかと思えば、第一印象からとんでもなかった面々が顔を見せ始めたよ。

「おい、俺が教えてやるよ。丁度暇していたからな」

そしてビアは俺を押しのけるようにしてデックと対峙した。

「え～と、そんなに酔ってて大丈夫なのかい？」

「かっかっか！　一丁前に俺の身を心配してくれるのか。だが安心しな。酔ってても尻の青いガキの面倒くらい見れる」

「尻の青い……」

デックの眉がピクンっと跳ねた。ちょっとカチンと来たみたいだ。

「なら、頼むぜ酔っ払いのおっさん！」

「はっは！　いいぜ、強気なガキは嫌いじゃない。来な！」

それからデックは足元もおぼつかない様子のビアに挑んだが、まったく攻撃が当たらず、逆にビアの手痛い反撃を受け続けた。

　驚いたな。あいつ、ただ酔っ払ってるだけかと思えば、剣の腕は大したものだ。フラフラしてるように見えてデックの剣にしっかり対処しているし動きも鋭い。ただ、結構容赦がないな。

「おいおい、デックは明日が試合なんだけど……」

「カッカッカ！　安心しろい、うちには優秀な回復魔法の使い手もいるからよ。それに、こいつは結構筋がいいが、まだまだ体がなってない。今日徹底的に叩いてから回復しとけば、手早く体が強くなるってもんよ」

　随分とスパルタな考え方だ。折れた骨が治るとより強固になり、徹底的に破壊した筋肉が回復するとより強靭（きょうじん）になるように、デックの肉体を強化しようってことか。

　俺ではそこまでできない。回復魔法の使い手がいればこそか。

「もっとも、今日一日で体を作ろうってんだから、夜は寝れないかもだけどな。痛みで」

……回復魔法といっても、すぐに回復するような魔法ではないようだ。デック、頑張れ！

　しかし、ここまで来るとあいつも来るんじゃないかと不安になったが、一番問題ありそうな彼女……いや彼？　は来なかった。

　デックたちには目の毒だ。正直来なくて本当によかった。

　まぁとにかく、意外にも特訓は上手く行っている。デトラとデックにとってもいい勉強になったことだろう。これで自信を持って明日の試合に挑めるといいんだけどな――

第四章　転生忍者、魔法大会予選に挑む

ついにこの日がやってきた。魔法大会の始まりだ。といってもこの日はまず無条件で本戦に出られる選手以外を選ぶ予選が行われる。

大会で本戦に出るのは十六名。そのうち予選から本戦に出ることができるのはわずか四名である。

残りの十二名は予選なしで出られるような貴族でほぼ占められる。ほぼというのは、たとえ平民であったとしても生まれた時の魔力が高かった場合は例外が認められることもあるためらしい。

さて、そんなわけで予選は魔法大会も武術大会も同じ日取りで行われる。時間も一緒だから予選の様子が見られないのは少し残念だ。

会場前までは俺とデック、そしてデトラの三人でやってきたわけだが。

「ここで、いよいよ戦いが始まるんだな……」

「き、緊張してきた……」

「二人とも、リラックス。昨日ギルドで色々教えてもらえたのは無駄じゃなかっただろ？」

「ガウガウ！」

「ウキッキィ！」

マガミとエンコウが発破をかけるように鳴いた。ちなみに予選には勿論マガミやエンコウも一緒だ。従魔契約で魔法が使えることになっているからね。

俺の言葉に、デックが頷く。

「確かに……昨晩は本当に体中痛くて眠れなかったぜ。でも、不思議なことに朝になると痛みがスッと引いて体中が軽くなったんだ。おかげで寝てなくても調子はいいぜ」

ふむ、超回復と回復魔法の恩恵か。

「私も、昨日メグさんに魔法の基本を教わったおかげで魔法制御のコツが少しは掴めたよ！」

「そうか、ならよかった。よし、だったら三人で予選突破を目指そう」

「おう！」

「うん！」

「……随分と面白い冗談を言うのだな、愚弟よ」

三人で決意を新たにやる気を出したところで、思わぬ声が割り込んできた。兄貴のロイスだ。

兄貴の後ろには、随分と久し振りに感じられる三人の悪ガキが控えていた。

「まったく、あなたも驚いた人ですね。まさか魔力もないのに魔法大会に出るとは。拙(せつ)は開いた口が塞がりませんよ」

「デテラとデックも一緒かい……三人揃って仲のいいことで」

「裏切り者のデックは魔力なしに随分とご執心みたいだからな」

えーっと、この三人の名前は……

「バーモンドとペト、あと、誰だっけ？」

「モブタだよ！」

三人のうち、一人の名前がどうしても思い出せなかったが、今教えてもらってもピンと来ない。確か、最初にデックと会った時に情けない声で木刀振ってた奴だったかな。

「ラポムにペトにモブタまで、一体どうしてこんなところにいるんだ？」

デックが三人に問いかける。ちなみに、ラポムはバーモンドのファーストネームだ。デックは昔からあいつを名前の方で呼んでいる。

それは俺もちょっと気になった。エガの町からここまでは馬車でも結構かかる距離だ。気軽に来られるような場所ではない。そもそも、バーモンド以外の二人が兄貴と一緒にいるのも初めて見た。

デックの質問に、バーモンドが答える。

「大会がある時は商人にとって稼ぎ時ですからねぇ。拙のパパも当然町に商売に来たのですが、ロイス様を応援するために拙たちも同乗させてもらったのですよ」

「その代わり、商売の手伝いをさせられたけどね」

「結構人使い荒い親父さんだったよな……」

「そ、そういう余計なことは言わないでいいのですよ」

ペトとモブタが少し疲れた表情で口にするとバーモンドが渋い顔で言葉を返した。

「まったくお前ごときが予選など通るわけないだろうに」

そして兄貴は相変わらずな口調で俺に嫌味を言ってきた。

「……予選は通るよう精一杯頑張るさ。それにしても、兄さんがバーモンド以外とも親しくしているなんて初めて見たよ」

「親しく？　はは、何を馬鹿な。バーモンドは私の家来だ。そしてそこの二人はバーモンドの家来。家来の家来なら私の家来も同じだからな。近づくことくらいは許すさ」

「家来だって？」

その発言に眉をひそめたのはデックである。

俺も呆れてしまった。もしかしたら兄貴は俺だけを毛嫌いしていてあんな態度しか取ってこないだけで、他の相手なら別なのだろうか？　などと考えたりしたがやっぱり相変わらずだな。

「はい！　勿論ですよ！　人気の高い本戦を観戦できるのもロイス様の口添えがあればこそ！」

「そ、そうです。それにあのエイガ家の生んだ天才児とされたロイス様の家来になれるなんて、こんな光栄なことはありません」

「はい！　恐悦至極でございます！」

しかし、当の三人はどうやらそれを完全に受け入れてるようだ。

その様子にデックは呆れ顔を見せ問いかける。

「お前ら、本当にそれでいいのか？」

「いいに決まってますよ。むしろ拙からしてみたらあなたの方が変わっています」

「そうそう、よりにもよって魔力なしの落ちこぼれと一緒にいるなんてな」

「一体何が目的か知らないけど、ロイス様よりそっちを選ぶなんてどうかしてるよ」

バーモンドの言葉を皮切りに、ペトやモブタもそんなことを言いだした。

「俺は友達だからジンと一緒にいるだけだ」

デックが言うと、兄貴がそれを鼻で笑った。

「はは、それはそれは随分と愚かなことだ。愚弟の側にいたところで得られるものは何もないだろうに。デックと言ったか？　お前にはどうやら人を見る目が皆無のようだな」

「そうか？　少なくともお前よりはあると思うぜ？」

「……この私をお前呼ばわりか。これだから愚弟の家来になるような奴は礼儀知らずで困る」

「兄さん、僕はデックを家来だなんて思ったことは一度もないよ」

「ふん、何を馬鹿な。だったらなんだと言うんだ？」

「大事な友達だ」

俺が答えると、兄貴は冷ややかに言う。

「友達だと？　笑わせるな！　貴族にそんなものは必要ない。あるのは上か下かという関係性だけだ。そして平民は貴族にとって全員下。そんな奴を『大事な友達』だと？　だから貴様はエイガ家の落ちこぼれなのだ。貴様は魔力なしの下等な存在で、馬の糞以下の——ブボォ⁉」

その時、デックの拳が早く兄貴の顔面を捉え、兄貴が後方にすっ飛んだ。

「……あぁ、やべ、我慢できなかったわ」

「な、なな！　デック、あなたなんてことぉおおお！」

「お、おい本気かデック！」

「よ、よりにもよって貴族のロイス様を殴るなんて」

バーモンドたちが騒ぎだし、頬に手を当てたまま立ち上がった兄貴が涙目でデックを睨みつける。

「き、貴様！　殴ったな！　父様にだって殴られたことなかったこの高貴な顔を、下民如きが殴ったな！　エイガ家の長男たるこの私にこのような真似、許されることではないぞ！」

いや、先に煽ってきたのはあんただろう、と思いつつ宥めておく。

「兄さん、その辺にしておいてください」

「何がその辺にだ！　ふざけるな！　貴様の家来がやったことだぞ！　貴様もそれなりの覚悟を！」

「……デックが手を出してしまったことは友達として謝罪するよ。ただ、今の兄さんの言動は礼儀知らずだった。悪いのはデックだけじゃないはずだ」

「は？　お、おま、おま、お前！　誰にものを言っているのかわかっているのか！」

十分わかっているよ。ただ、今のはこれまでみたいに適当に受け流すわけにもいかない。デックは俺のことを思ってくれて殴ったのだ。

「あ、あの、お兄ちゃんが殴ってしまって申し訳ありませんでした！」

「うん？」

すると話を聞いていたデトラが兄貴に頭を下げた。

「おいデトラ、なんで……」

「お貴族様相手に、お兄ちゃんがやったことは確かに許されないことかもしれません。ただ、私も！　友達を大事に思うのは当然だと思います！」

「ガウ、ガウガウガウガウガウ！」

「ウキキキィ！」

デトラは兄貴に謝罪しつつも、自分の考えをしっかり口にした。マガミは兄貴に噛みつかんばかりの勢いで吠え立て、エンコウも毛を立てて怒りを露わにしている。

この状況で兄貴がどう出るか。そう思っていたら、兄貴の視線がデトラに向いた。品定めするような目つきだ。

「ほう、これは驚いた。猿みたいなあの男の妹がこれほど器量のいい娘とはな」

「は、はい？」

「わかった。そこの野蛮人の無礼は許そう。その代わりお前、今日から私専属の使用人になれ」

「え？　え？」

「そういうわけだ。おい、お前。こいつは今日から私の側で私のために働くことになった」

兄貴がデックに向かって言う。

「な、何を勝手なことを！」

デックが拳を握りしめた。放っておいたらまた殴りかかりそうな勢いだ。

「さぁ、こっちへ来い」

「きゃ、ちょ、放して――」

「兄さん、いい加減にしてください」

兄貴がデトラの手首を掴んだので、即座に俺が間に入って手を振りほどいた。

「流石に言ってることが無茶苦茶ですよ、兄さん」

「何がだ。兄の責任を妹がとるのは当然だろうが！　そいつの兄はこの私を殴ったのだぞ！」

その時、父上が俺たちのもとにやってきた。

「まったく一体なんの騒ぎだ」

「え？　と、父様！」

すると今度は父上が闘技場の前で言い合っていた俺たちに声をかけて間に入ってきた。

「ロイス、私が用事で出ている間にどこかに行ったかと思えば」

「父様、聞いてください！　そこの愚弟の連れが、高貴な私の顔を殴ったのです！」

クソみたいな兄貴が、早速父上に泣きついた。頬に手を当て、一大事だなんだとわめきだす。

そんな兄貴を横目に、父上がデックの前に近づいた。

「……君は、もしかしてデック君かな？」

「え？　俺のことを知っているんですか？」

「ジンの交友関係はうちの執事から聞いているからね」

そうだったのか……確かにスワローにはデックのことを話していた。

「父様、そうです。その男が弟とよく一緒にいるというデックです！　それがこの私を殴ったんだ！　当然弟にも責任が！」

「デック君、それでどうして君はうちのロイスを殴ったのかな？」

後ろで大声を上げる兄貴を無視し、父上が尋ねた。

デックが説明すると、父上は兄貴の方を向く。

「……どうやらロイスにも原因はあるようだな」

「ち、違います！　そいつらが結託して私を悪者にしているだけです！　そうだろ、お前たち？」

「え？」

「あ、あの……」

「勿論ですよ！　拙たちが証人です。ロイス様は何も悪くない！」

ペトとモブタが言いよどむ中、バーモンドだけが兄貴を庇うように宣言した。

「チッ――」

バーモンド以外の二人を睨みつけながら、兄貴が舌打ちした。自分の思い通りにならないとすぐ態度に出るやつだ。勿論父上はそんな兄貴の行動を見逃さない。

「……話はわかった。どんな理由があるにしても暴力に訴えることはよくないことだ」

「……それは、申し訳ありませんでした」

「父様、デックは僕のためについ手が出てしまっただけなのです。それだけはわかってください」

「そうだな。だが、デック君を止められなかったお前にも責任がある。だから罰を与えなければ」

父上がそう言うと、兄貴が、はは、と口元を歪めた。

「そういうことだ。弟よ、甘んじて罰を受けるがいい」

「そ、そんな待ってください。ジンは！」

「ジン、お前への罰はデック君にしっかり礼儀を教えることだ」

「……え？」

「はい？」

「え～と……」

父上の言葉に俺とデックとデトラが戸惑いの反応を見せた。そんな俺たちに父上はさらに続ける。

「幸いロイスは私の息子だ。この程度のことを根に持つような矮小な男ではない」

「え？　え？　と、父様？」

「だが、中には相手の言動一つで怒り、厳しいことを言ってくる貴族もいるだろう。そういった時に困らないようにジン、お前が責任を持ってデック君に貴族との接し方を教えてあげるんだ。そこまでみっちりとは言わないが、最低限度の礼節は知っておいた方がいいだろう。できるな？」

「は、はい。勿論です！」

「あ、ありがとうございます！　お兄ちゃんも！」

「え？　あ、はい！　ありがとうございました！」

「はは。罰を与えたのに、お礼を言われるとはな」

そう言いながら父上が兄貴を振り返る。兄貴はまったく納得していないようだった。

「父様、こんなのおかしいではありませんか！」

「何を馬鹿な。まさか私が思っていただけで、本当は私の息子は心が狭いのか？」

「え、いや……」

「それはそうとロイス、デック君の妹に使用人になれと迫ったらしいが、それはどういうことだ？」

「え、あ、それは、その」

「……この件については、じっくり話した方がよさそうだな。来なさい」

そう言って父上は兄貴を連れていったわけだが、去り際にこちらを振り返り、こう言い残した。

「これから予選だったなジン……しっかりやれよ」

父上と兄貴がいなくなり、その場にはバーモンドたちが残される。

「兄貴は行ってしまったが、お前たちはどうするんだ？　俺らはもう行くけど」

俺が聞いたら、バーモンドは渋い顔を見せる。

「ふん、まったく相変わらず言葉遣いのコロコロ変わる人ですね、あなたは」

「行こうぜジン、予選が始まっちまう」

「……あなたに予選が突破できますかね」

デックに対し挑発めいた言葉を投げかけるバーモンドを見て、デトラが口を開く。

「……あの、バーモンドさんはお兄ちゃんと仲が悪かったの？」

「へ？」

バーモンドがキョトンとする。

そういえばデトラは、バーモンドから植物辞典なんかを貸してもらったりしていたんだっけ。デトラからすれば、バーモンドとデックの仲が悪いのはショックだろう。

すると、バーモンドが取り繕うように言う。

「それは、その、せ、拙はただ心配していたんですよ！　そう、デックはロイス様ではなく弟のジンと仲良くしていて、そうなれは今後の将来にも不安が生じるわけで、悪いのはジンなのです！」

「……ジンさん、とてもいい人だよ。私にもとてもよくしてくれるし」

「ふぇ？」

「……もう、いいです」

そしてデトラはバーモンドに背を向けた。バーモンドの表情が凄く絶望感に包まれたものに変わっている。

「お兄ちゃん、ジンさん、早く行こう」

「確かにもう入った方がいいか。行こうぜジン」

「あぁ、そうだな」

「ガウガウ」

「キキィ」

肩を落とすバーモンドを置いて、俺たちは会場に向かう。

「で、デトラちゃん！　拙は、お、応援してるから！　頑張って！」

俺たちが闘技場に入る間際、バーモンドはデトラに声援を送ってきた。デトラは何も返すことはなかったけどな。しかし、めげないなあいつも。

さて、すったもんだとあったが、いよいよ俺たちは闘技場に脚を踏み入れた。

「ここから、会場が魔法大会と武術大会で分かれることになるんだよな、ジン」

「あぁ、ここでデックとは一旦お別れだ。ま、本戦には残れるとは信じているから頑張れよ」

「お兄ちゃんならきっと大丈夫だよ。今日まで頑張ってきたもの！」

「あぁ、二人ともありがとうな。え～と、ジンはまぁ問題ないだろうけど、デトラ、しっかりな」

「う、うん！　とにかくやってきたことを出し切るつもりで頑張るね！」

「ガウガウ！　ガウガウ！」

「ウキィ！　ウキィ！」

デトラが小さな拳を握りしめてデックに応えると、二人を激励してエンコウとマガミが鳴く。

「ありがとうな、エンコウもマガミも」

「エンコウちゃんとマガミちゃんは、ジンさんと一緒に魔法大会の会場の方に来るんだよね。うん、みんなが一緒なら頑張れそう」

「クゥ～ン」

「ウキィ～」

デトラに撫でられ、エンコウとマガミが気持ちよさそうに目を細めた。

そして、デックは武術大会の予選会場へ向かい、俺とデトラは魔法大会の予選会場に向かう。勿論マガミとエンコウも一緒だ。

「うわぁ～こんなにいるんだね」

「あぁ。予選と言っても結構な人数だ」

俺は予選に出るための試験という名目で一度ここには来ているが、やはり人が大勢集まると雰囲気が違うな。この前は随分と広く感じたが、今はわりと狭く感じる。

『大会の予選参加者は受付に来て登録してくださいね～。時間が押してますので急いでください』

「あ、向こうが受付みたい」

「うん、じゃあ行こうかデトラ」

「……え？」

ん？　デトラの反応が妙だ。どうしたんだろう、と思ったが、ついデトラに手を差し伸べていたことに気がついた。

姫様に付き添ってお忍びで城下町に出た時、人が多い時ははぐれないように姫様の手を握っていた。その癖が思わず出てしまった。

「あ、ごめん。人が多いなと思って」

「う、ううん！」

手を引っ込めようとしたらデトラが首を振って俺の手を握り返してきた。

「わ、私結構ドジだから、手を引いてくれるなら、その、嬉しい、よ？」

「あ、あぁ、なら行こうか」

俺の手を握って首を傾けてきたその仕草に、思わず顔が熱くなった。まったく、元は俺の方が断然年上だって言うのに、何を照れてるんだ俺は。

「ガウ？」

「ウキキィ」

マガミが、どうしたの？　という目を向けてくる。一方で何故かエンコウは手を口に当てて笑っていた。とにかく、俺はデトラの手を引いて受付までやってきた。

「大会参加です。俺がデトラで彼女がマガミで」

「はい、あなたがデトラで、その子がマガミね」

「ガウ!?」

「ち、違うよジンさん！　その、隣の方がジンさんで、私がデトラでこの子がマガミちゃんで肩の子はエンコウちゃんです」

しまった。俺としたことが、こんなわけのわからない間違いをしてデトラにフォローされるとは。

「なんだ、そうだったのですか。しかし、その猿と狼はなんですか？　試合に関係ない動物は入ってはいけないことになっているのですが」

「いや、それは――」

訝しがる受付係の男に、エンコウとマガミが従魔であることを伝えた。

「ふぇ、つまり魔獣と契約を結んだのですか。それは驚きですが、あぁ、そういえば確かにそんな話を聞いていますね」

よかった。わざわざ試験まで受けて試合参加の許可をもらったのに、話が通ってませんでした、じゃ笑い話にもならない。

「それでは、あなたの魔力を教えていただけますか？」

「え？　魔力？」

「はい。最後に測ったものでいいですから教えてください」

魔力のことは伝わっていないのか？　とにかく聞かれたなら答えないといけないな。

「ゼロです」

「はい？」

俺が答えると、受付係の男が怪訝そうに問い直してきた。まったく何度言わせるんだ。

「だから、俺の魔力はゼロです」

さらに声の調子を上げてしっかり答えた。目の前の男が目を丸くさせ、周囲がざわめき始める。

「おい、今あいつ、魔力がゼロとか言ってなかったか？」

「まさか。聞き間違いだろ？　魔力がゼロで魔法大会に出れるわけがない」

「そもそも、魔力ゼロなんてありえるのかよ？　低くても一桁くらいはあるものだろ？」

「まぁ、その程度の魔力はカスみたいなものだけどな」

そんな話し声が俺の耳に届いた。やれやれ、やはり魔力ゼロというのはこの世界では相当異端に思われるようだ。

「あの、冗談のつもりですか？　こういうところでそういったおふざけはあまり感心しませんね」

「いや、冗談じゃなくて、本当なんだけど……」

どうしたもんかと悩んでいると、受付係の後ろから別の係員が出てくる。

「あぁ、君が例の子か。狼連れで魔力ゼロ。聞いていた通りだ。おい、その子はいいんだ」

「え？　そうなのですか？」

「ああ。君がエイガ家始まって以来の落ちこぼれ、魔力なしのジンとかいう奴だろ？　はは、まさか本当に予選に来るとはね。魔力がないのに一体どんなコネを使ったのか知らないけど、話は聞いているから魔力ゼロでも一応予選には参加させてあげるよ、落ちこぼれ君」

話のわかる人がいてくれて助かったと思ったのも束の間。完全に見下した態度を見せてきた。しかも魔力がないとかゼロという部分だけ強調させてだ。おかげで周囲の目が変わったよ、まったく。

「マジかよ、本当に魔力ゼロがいたのかよ」

「そんな奴、魔法が使えるわけないだろ。それなのになんで魔法大会に出ようとしてるんだ？」

「俺には読めたぜ。あいつ、エイガ家の子らしいからな。エイガ家といえば魔法の名門。それなのに魔力がないからと大会にも出られないようじゃ格好がつかないってところだろう」

「つまり、家の名で特別に出させてもらったってことか」

「腹の立つ奴だな。俺たちは真剣にこの予選に挑んでるってのによ」

まぁ当然というか、周りは俺に対して批判的だ。エイガ家の名前も出たから、勝手な憶測で俺が家の力だけで予選に参加したと決めつけている。

「じ、ジンさんはそんな人じゃありません！」

「グルルルルゥウウ！」

「ウキィ！　ウキィ！」

すると、話を聞いていたデトラが眉を吊り上げて反論した。マガミも毛を逆立てて、怒りを露わにし唸り声をあげている。

俺はデトラを手で制止し、騒がないよう合図する。

「いいんだデトラ、俺に魔力がないことは事実だし」

「でも、あんなでまかせ……」

「問題ない。言いたいやつには言わせておくさ。結果さえ出せば文句ないだろうしな」

デトラは俺が悪く言われることを気にしてくれていた。優しい子だと思う。でも、いくら否定したところで魔力がないのは事実なわけだし、奴らの目は変わらないだろう。

「なんだあいつ、生意気な奴だな」

「てか、プッ、結果って、魔力もないのになんの結果だよ」

「まさかあいつ、魔法を手品と勘違いしてるんじゃねぇのか？」

「はは、確かにそりゃ道化師（ピエロ）ってもんだけどな」

道化師（ピエロ）か。日ノ本にも大道芸人はいたな。確かに俺にピッタリと言えるかもしれない。これから奴らを驚かすという意味でだけど。

「言っておくが、家の名が通じるのは参加までだ。予選試合が始まったら特別扱いはしない。一応参加はしたんだから、逃げ帰るなら今のうちだぞ？」

選手だけでなく、係員でさえもこの有り様だ。ただ、最初に対応してくれた受付係はこの空気をよくないと思っているようで、顔をしかめながら言う。

「……先ほどはおふざけなどと言ってしまい、失礼しました。ところで、そちらの君は魔力はいくつですか？」

「は、はい。七十です」

「ほぅ、七十ですか」

デトラが魔力を素直に答えると、係員は感心したように頷き、脇にあった紙に書き込んでいった。

「おい、あの無能の隣にいる女の子、魔力七十だってよ」

「へぇ、どっかの地方貴族の子かな？」

「顔は可愛いと思うけど、服は地味だぞ」

「なら平民か。それで七十なら高いほうだな」

書き込んだあと、聞こえてくる声にデトラが気恥ずかしそうにしていた。係員も興味を持っていたようだし、魔力七十は高い方らしい。

「それではこれより組み合わせを決めていきます。どうぞこちらへ――」

どうやら俺たちが登録したのは最後の方だったらしく、間もなく参加者全員が会場の中央に集められた。ざっと数十人くらいいるな。本戦出場者は四人だから、倍率は結構高そうだ。

「皆さんにはこの箱の中から一つずつ玉を引いてもらいます。玉にはAからDまでの文字と数字が刻まれております。この会場にはリングが四つ用意されていますので玉に刻まれたリングで試合を行ってもらうことになります」

A～Dがそれぞれのリングに対応しているってわけか。

「試合はリングの前で審判が引いた数字同士の選手が行います。たとえばAのリングの審判が一と七を引いた場合、Aの一とAの七の選手が戦うわけですね。試合は勝ち残り形式で、負けたら即失格です。各リングで最後まで残った一人、つまり合計四人が本戦に駒を進める資格を得られます。頑張ってくださいね」

　すると、一人の選手が手を挙げて質問する。

「あの、リングに残った選手が奇数になった場合はどうなります？　リングに振り分けられた選手の人数が六の倍数だったら、最終的に三人になりますよね」

「最後に二人残った場合は一対一ですが、三人残った場合はバトルロイヤル形式になります」

　なるほどね。ま、公平と言えば公平か。

「それでは係員が各自の前に箱を持っていきますので、玉を引いてくださいね」

　係員が何人かで分担して回るようだ。人数が多いから一人ずつ引くのを待っていられないってことなのだろう。

「よぉ、お前には俺が引かせてやるよ」

　俺の前に来た係員があざけるように言った。さっき俺のことを大声で馬鹿にした奴だ。

　わざわざここまで来るとはな。仕方ないから男の差し出してきた木製の箱から玉を取り出した。

「……引いたぞ」

「ふむ、Ｄの四か。はは、すぐにでも死（Die）ぬってか？　これはまったくぴったりな舞台じゃないか」

　何がおかしいのか、記号を見て笑いだしたぞ。

「ちなみにＤのリングで審判するのは俺だ。だからと言って特別扱いする気はないけどな。ま、死ないようにがんばれや」

手をひらひらさせて他の選手の前まで移動する係員。まったく、リングでもあいつと一緒かよ。

「何あれ、凄く感じが悪いよ！」

「ガウガウ！　グルゥウゥウウ！」

「ウキャキャッ！」

俺の隣でデトラがプンスカ怒り始めた。エンコウとマガミも牙を剥き出しにしていて、俺が抑えてなければ噛みつきに行きかねない。

「悪いね。彼はどうも性格に難があってさ。上に取り入るのは上手いんだけど」

そう言ってきたのは、先ほどの受付係だった。口調が敬語から穏やかなものに変わっている。

「ところで君、玉を持っていないようだけど引いたかい？」

するとと彼がデトラに問いかけた。

「あ、そういえば引いてませんでした……」

「やれやれ。あいつ、ここまで来ておいて一体何をしているんだか」

さっきの奴のことか。確かに隣にデトラがいたわけだしな。まるで俺を馬鹿にするためだけにやってきたみたいだ。

「引いてもらっていいかな？」

「は、はい！」

さて、それはそうとデトラの番だな。

「どうか、ジンさんとは別のリングになりますように！」

デトラが願いを込めて目を瞑ったまま箱の中から玉を取り出す。木箱なので中身は見えない。だが、出した瞬間なら別だ。そして俺の動体視力はかなり高い。チャクラを使えばさらに高まるが、なくてもデトラの手の動きと取り出した玉くらいはよく見えた。

俺は瞬時にデトラの掴んだ玉を取り上げ、その番号を確認した。Dの九だった。これでは俺と同じリングになってしまう。

だから俺はその玉を箱に戻し、手を突っ込んで中を確認。玉を掴めば触感で文字と番号がわかる。重要なのはD以外を引いてもらうことだ。そして俺は玉を一つ選びデトラに改めて掴ませた。

以上の動作を瞬きする速度より速く行う。すると、他の人間には一切気づかれなくなるのだ。

「え～と、あ、Cの七だって。よかったぁ、ジンさんとは別々だね」

「うん、そうだな。これでかち合うことはなくなった」

デトラが喜んだ。ふぅ、これでとりあえず一安心ではある。

もっともあくまで俺と当たらないというだけで、ここから先はデトラの頑張り次第だ。

「それじゃあ二人とも、玉が行き渡ったらそれぞれのリングで番号を呼ぶから、ちゃん聞いていてね。呼ばれるまではこの会場内ならどこにいてもいいけど、呼ばれたのを聞き逃して遅刻したら棄権扱いになるから、気をつけるんだよ」

彼はそこまで言うと去っていった。親切で面倒見のいい人だったな。

さて、CとDのリングは隣合っているから、その近くで呼ばれるのを待つことにする。

「おい、あいつだろ？　魔力がない落ちこぼれって」

「あいつ、一体何を引いたんだ？」

「俺さっき聞いたぜ。Dだってよ」

「マジか、俺Cだぜ。惜しかったな」

「ちぇ、俺はBだ。Dならとりあえずあいつと当たれば勝ち決定なのによ」

周囲の連中がそんなことを話していた。そうか、楽勝だと思われているのか。大変だな俺。

「やぁ、君がエイガ家始まって以来の落ちこぼれと言われているジンとかいうゴミムシかな？」

背後から声が聞こえた。俺の名を呼んだ気がするが気のせいだな。

「デトラ、予選は結構長くなるから途中でお弁当が出るらしいよ」

「そうなんだ。気が利いてるね」

「おい！　この僕を無視するな！」

うるさいやつだ。初対面から人を虫扱いするのにろくなのはいないから無視してたってのに。

「ごめんなさい、知らない人の話をホイホイ聞くなって両親にキツく言われていたもので」

「お前、生意気な虫だな！　これだから魔力ゼロの落ちこぼれは。ふん、まぁいい。しかしこの僕を知らないとは無知にもほどがあるな。このカッポル男爵家の長男たる僕を！」

「マガミはお腹減ってないか？」

「ガウ」

「だから無視するなと言っているだろう！」

まったく、もう兄貴みたいなタイプの奴は兄貴だけで十分だよ。

「はぁ、一体なんの用だよ」

「ふん、別に大したことではない。ただ、僕が引いたのと同じDのリングにゴミが紛れているって聞いたからね。どんなゴミか見に来たのさ」

すると、デトラが眉間にしわを寄せて言う。

「初対面の相手に、流石に失礼ではありませんか？」

「ウキィ！」

エンコウも怒ってくれている。だが、カッポルは悪びれる様子もない。

「ふん、ゴミをゴミと言って何が悪い。とにかく、貴様のような塵芥（ちりあくた）、もしも僕と戦うことになったらフッと一息で瞬殺してあげるよ。いいかい？　瞬殺だよ瞬殺。覚悟しておくんだな」

そう言うとカッポルという男が去っていった。しかし、貴族ってのはあんな奴ばかりなのかね？

予選が始まる前から妙なのに絡まれてしまったな。おかげでみんなはすっかり不機嫌だ。

「あの、あなたが噂のジンさんですよね？」

するとまた誰かから声がかかった。ただ、初対面から人を小馬鹿にしているような口調ではない。

「そうだけど、何か？」

とはいえ、これまでのこともあるからな。少し突き放したような返事になってしまった。

「やっぱりそうなんですね！　あなたが魔力ゼロで試合に参加した異端児という！」

「は、はぁ……」

異端児ね。やっぱりそういう扱いなのか。

「あ、すみません！　気を悪くしたなら許してください！　その、ちょっと嬉しくて！」

「うん？　嬉しいって？」

声をかけてきたのは茶色いイガグリ頭の少年だった。まん丸な目でジッとこっちを見ながらぐいっと顔を近づけてきている。

「はい！　実は僕も魔力がそんなに高くないんです。生まれた時も五だったし……でも頑張って三十まで伸ばして参加できたんです！」

「そ、そう。よかったね」

「はい！　それでも三十は決して高い数値じゃないし、この魔力で大会に出るなんて僕くらいかと思ったのですが、あなたのように魔力が低くても参加している人がいると知って勇気をもらいました！　悪く言う人もいるけど、僕は応援してます！　同じDのリングですが、頑張りましょうね！」

「え？　あ、あぁ。そうだな。頑張ろう」

「はい！　あ、でも試合になったらお互いベストを尽くしましょう！」

それだけいってイガグリ頭の少年が走り去った。ふむ、どうやら俺の方が疑心暗鬼にかられすぎていたようだ。あんな選手もいるんだな。

「何か元気な人だったね」

少年が走り去ったあと、デトラが印象を述べた。

「そうだな。でも、他の相手が嫌味くさい奴ばかりだったから、ちょっとホッとしたかな」

「うん、そうだよね。みんながみんな、あんな人ばかりなわけないもの」

「ガウガウ！」

デトラとマガミも少しは安心したようだ。

彼も同じリングである以上、お互い勝ち続ければどこかで対戦することになるんだろう。その時は俺も勝つつもりで挑むことになる。

「それではこれから予選試合を始めます。呼ばれた方は速やかにリングに上がってください」

「おっと、いよいよ始まるようだな」

「う、うん！　頑張ろうね」

「ガウガウ！」

「キキィ！」

「うん、そうだね。マガミちゃんとエンコウちゃんもしっかり！　応援しているからね！」

「ガウ！」

「ウキキィ」

デトラに撫でられマガミとエンコウが張り切った。さて、そろそろ試合が始まるようだな。

「Aの十三番と十番の選手は――」

「Bの～」

そして番号が引かれ選手たちが呼ばれていく。各リングではそれぞれ試合が始まっていた。隣のCのリングでも始まった。デトラはまだ呼ばれていない。

さて、Dのリングでも番号が引かれるが――

「Dの四番と九番！」

あの嫌味な男が声を上げた。ふむ、Dの四……って。

「早速俺か」

「う、うん、私はまだ呼ばれていないし、ここで応援してるから！」

「あぁ、ありがとう。じゃあエンコウ、マガミ、行こう」

「ガウ！」

「キキィ！」

俺とマガミとエンコウがDのリングに向かう。

マガミとエンコウにはリングの下で控えてもらい、俺は石造りのリングに上がった。

「はは、初っ端（しょっぱな）から貴様か。残念だったな。もっとあとなら少しは長く残れたのに」

審判が小馬鹿にするように言ってくる。いい加減うざいなこいつも。

ふぅ、とにかく試合だ、俺の相手はまだ来てないのかな？

「おい、あいつ魔力なしの落ちこぼれじゃん」

「なんだ、ラッキーだな。あれと当たるなら勝ったも同然だろう」

リングの周りに集まってきた選手が口々にそう言う。まぁ、わかりきっている反応だけど。

「はは、これはまた、掃除しやすいゴミといきなり対戦とはね」

そしていよいよ俺の相手になる選手がリングに上ってきたんだけど、よりにもよってこいつかよ。

俺を瞬殺するとか言っていたカッポルとかいう奴だ。

「安心したまえ。塵みたいな君にふさわしい風の魔法であっさりと吹き飛ばしてあげるよ」

「ふ～ん、お前も風魔法を使うのか」

「は？　無礼な奴だ。塵にお前などと呼ばれる筋合いはないんだよ、こっちは！」

いきなり切れだしたな。さっきまでお前が見せていた態度の方がよほど無礼だが。

さて、審判から試合の説明がされる。

「試合では相手を殺してはいけない。他者の手を借りたり魔法と関係ない道具の使用は厳禁だ。魔法の装備も使用禁止だが、杖については決められた効果範囲なら使用は許可されている。もっとも最初から試合を諦めてる落ちこぼれは杖すら持っていないのか、それとも持つのを許可されていないのか、何も手にしていないようだがな」

審判が俺が何も持っていないのを見て薄ら笑いを浮かべ言った。周りで見ていた選手たちがドッと笑いだす。

「まったく、君のような奴が僕は一番嫌いなんだ。神聖な大会を馬鹿にしている。杖すら持たないとはね！」

杖をブンブン上下させながらカッポルが怒鳴った。

するど、審判がニヤニヤ笑いながら言う。

「こいつにだって事情があるのさ。あの名門で魔力もないのに生まれてきたんだから、なぁ？」

「……試合、始めないんですか？」

ネチネチとうるさい奴だ。くだらないことを喋る暇があるなら、とっとと試合を始めてほしい。

「せっかく擁護してやろうとしてるのに可愛げのないガキだ。カッポル、こいつはお前とは格が違いすぎる。勢い余って殺さないようにな」

「勿論。塵を吹き飛ばすのに全力は必要ないからね。骨の一本や二本は折れるかもだけどさ」

これまた随分と自信があることで。それにしても、こいつら仲いいいね。

「しかし、あいつもついてないな。カッポルは魔力九十五の風魔法の使い手だ」

「予選での実力はトップクラスだろう」

「とは言ってもあいつじゃ誰が相手しても楽勝だろうけどな」

ふ～ん、周りの様子からすると、こいつは口だけじゃないってことか。なら、せいぜい瞬殺されないように気をつけないとな。

「それでは、試合開始！」

嫌味な係員の合図で試合が始まる。とりあえず詠唱しておくか。

「我が手に募れ、風の導き――」

「あいつ、試合始まってから詠唱してるぞ」

「バカなやつ。普通は試合開始に合わせるように詠唱しておくんだよ」

へぇそうなのか。知らなかった。

「そういうことさ、これで終わりだ。エア――」

確かにカッポルは既に魔法の準備ができていたようで、杖を向けて放とうとしてくる。

だけどまぁ、詠唱なんていくらでも速くできる。何せ唱える意味がないわけだし。

「示せ威力、風は刃と変わり――ウィンドカッター（忍法・鎌鼬の術）」

「ロイン、って、へ？」

――ズガガガガガガガガガガガ、スパァアアアァアアアアン！

カッポルの試合開始前から準備していたらしい魔法が発動する前に、俺の魔法という名の忍法が完成。リングを削りながら縦一文字（たていちもんじ）の風が走り、目を丸くさせたカッポル自身も大きく吹き飛び、縦回転しながらそのまま壁に追突した。

「ぐべぇ！」

蛙が潰されたような声を上げ、床に落下。白目を剥き、口からは泡をブクブクと吹き出していた。

う〜ん、それなりの使い手のようだからこのくらい大丈夫だろうと思ったんだけどな。

でも、ま、試合には勝ったかな。そう思って審判役のあいつを見たけど、顎が外れんばかりに口を大きく開き、目玉が飛び出んばかりの視線を吹っ飛んでいったカッポルに向けていた。

「審判。これ、俺の勝ちでいいんだよな？」

「へ？　あ、え？　え、と、あ、くっ、四番ジン選手の勝ち！」

そしてようやく審判が悔しそうな顔を見せながら俺の勝利を宣言してくれた。

「「「「は？　はぁあああぁあああぁああぁあああッ!?」」」」

途端にそんな叫び声が同時にいくつも聞こえてきたかと思えば、周囲にどよめきが走った。

「おいおいおいおいおい！　一体何が起きたんだよ！」

「わかんねぇよ……なんだよあれ、ウィンドカッター？」

「馬鹿言え！　あんなウィンドカッターがあってたまるかよ！」

「ウィンドカッターって風属性の基礎的な攻撃魔法だぞ！　あんなリングを削りながら進むもんじゃねぇし！」

「そもそもあいつ魔力ゼロだろ？　なんで魔法が使えるんだよ？」

そんな中、救護班が気絶したカッポルのもとに近づく。

「おい、その子大丈夫か？」

「気を失っているだけですし、肉体的には大丈夫だと思いますが……失禁してしまってますね」

怪我がない程度に調整しておいたのは上手く行ったみたいだが、シモの方は別だったか。

「マジか。カッポル漏らしたらしいぞ」

「瞬殺するとか言っておきながら逆に瞬殺された上、お漏らしかよ」

「ダサすぎだろ……くせぇし」

「小便垂れのカッポルか」

「これは決まったな。今後あいつのあだ名は小便垂れのカッポルだ」

カッポルの様子を見ていた選手たちが、口々にそう話しているのが聞こえてきた。

子どもは時折容赦ないな。今後あいつは周りから小便垂れのカッポルと呼ばれることになるらしい。自分でやっておいてなんだが、多少は気の毒に思う。頑張って生きろよ小便垂れのカッポル。

そして小便垂れのカッポルが係員の手で運ばれていく。俺もリングを下りたが、周囲から奇異なものを見るような目を向けられるようになった。

魔力も持たない俺が魔法を使えただけでもこの世界ではとんでもないことなのだろう。審判も未だ信じられないといった様子だ。

「ジンさん凄い！　あんな魔法、私初めて見たよ！」

「ガウガウガウ！」

「ウキィ！」

リングを下りるとすぐに、背中にエンコウを乗せたマガミが来て、デトラも笑顔で駆け寄ってきてくれた。

俺のことを嘆称してくれるのは嬉しいけど、妙にこそばゆい気持ちになる。

「私も頑張らないとね。ジンさんみたいに上手く勝てるかはわからないけど――」

「Cの七番と十五番はリングに上って来てください」

デトラが張り切った様子を見せると、タイミングよくデトラの番号が呼ばれた。

「あ、呼ばれたみたい。行ってくるね」

「うん、デトラも頑張って。応援しているよ」

「うん！」

デトラがおさげの髪を躍(おど)らせながらリングに上がっていく。

「お、あの子可愛いじゃん」

「どうせならあれくらいの女の子と試合したいよな」

「どんな魔法を使うんだろうな？」

リングに上がったデトラの注目度は高かった。俺も結構一緒にいることが多いから慣れ親しんではいるが、デトラはかなり可愛い。

町でも同い年の女の子の中では頭一つ抜けていた気がする。それでいて性格もいいし、成長したらきっと男が放っておかないような女性となるだろう。

俺のバカ兄貴も興味を持ったみたいだったけど……あまり近づけないようにしないといけない。

「なんだ、相手は女かよ」

そんな中、リングに上がった対戦相手がデトラを見て、小馬鹿にした口調でほざいた。

黄色い髪をした小生意気そうな少年であり、デトラも少しムッとしている。

「ま、女相手なら楽勝だな。瞬殺してやるよ」

瞬殺って、俺の相手もそんなことを言っていたけど、どれだけみんなして瞬殺したいんだよ。

「ふざけんな！」

「お前、大人げないぞ！」

「そんな可愛い子を前に、よくそんなことが言えたな！」

そして対戦相手の黄色髪に向けて一斉に野次が飛んだ。う〜ん、俺の時と違って、デトラを応援する声が多い。おかげでデトラに挑発めいた言葉を吐いた相手の方に非難が集中した。まぁ、どっちも大人ではないから大人げないのは仕方ないと思うが。

「な、なんだよ。ふ、ふん、俺は相手が女でも関係ないんだよ！　平等だよ平等」

「はい、私も全力で行きます！」

さっきまで女相手なら楽勝、と言った奴がどの口で平等と言っているんだと思ったが、ともかくデトラはかなりやる気になっている。

さて、ギルドでメグに色々教わっていたけど、その成果は果たして出るかな。

「火は矢となりて敵を射抜く――フレイムアロー！」

試合が始まると同時に、相手が火の矢を放つ魔法を行使してきた。

「――それは太陽の恵みが与えし花なり、我が手で育てし黄色き大輪は、敵意から守る盾となろう――シールドサンフラワー！」

対抗するようにデトラが種を蒔くと同時に魔法を行使。出現した巨大な向日葵が相手の魔法から身を守った。

「あの子、植物属性が使えるのか」

「制御の難しい属性の魔法だぞ。それなのにあんなに完璧に！」

見ている選手たちが口々に言った。デトラの魔法は本来かなり難しい部類のようだ。

「だけど駄目だ、植物は火に弱い！」

誰かが叫ぶ。そいつの言う通り、フレイムアローを受けた向日葵が燃え上がった。

「はは、相手が悪かったな！」

「そうとも言い切れません、眠れよ眠れ、花の香は魅惑の香り――」

デトラが燃える向日葵の脇から詠唱しながら飛び出し、親指で種を弾き相手の足元に転がした。

「わかるさ、これで終わらせる、炎よ槍となり敵を穿て――」

「遅いです！　ヒヨスフラワー！」

黄色髪より一足早くデトラの魔法が発動。足元に転がっていた種から黄色い花が咲き乱れ、かと思えば花から花粉が飛び散っていく。

「な、なんだこんなの、って、え、あ、れ——」

対戦相手の瞼がトロンと落ちていく。足元がふらつき、膝をついて力なく前のめりに倒れた。

「く～く～……」

倒れた相手は完全に眠ってしまっていた。デトラが咲かせた花の花粉に、相手を眠らせる効果があったようだ。

「これは——試合続行不可能とみなし、デトラ選手の勝利といたします」

勝負が決まった。相手の敗因は魔法を一発打っただけで満足して、すぐ次の魔法に移れなかったことだな。確かに植物だから燃えると弱いようだが、それでも一度は防げるわけだからデトラはそのまま次の手に移れる。

「やった！　勝てた、私勝てたんだ！」

デトラがピョンピョン飛び跳ねながら勝利を喜んだ。よっぽど嬉しかったんだろうな。

「デトラちゃんかわえぇ……」

「やべぇ俺ファンになっちゃいそうだ」

「しかも扱うのが植物魔法とか可憐すぎだろ」

「ああ、俺同じリングだ！　当たったらどうしよう……仲良くなりたいのに……」

他の選手たちがデトラを見ながらそんな話をしている。そのほとんどが好意的な目だが。

「何あれ？　ちょっと可愛いからっていい気になってさ」

「何が植物魔法よ。あぁいうのが一番タチ悪いのよね」

「そうそう、絶対男ウケを狙って魔法を選んだのよ」

「何が可憐よ、絶対性格は毒草よ。毒の花よ毒の花！」

うん、当然だが試合には他にも女の子がいる。そしてその一部がデトラを目の敵にしているようだ。女って怖い。

デトラはリングを下りて、こちらに駆け寄ってくる。

「ジンさん、やったよ！　私も勝てたよ！」

「うん、おめでとう。この調子で予選突破目指そうぜ」

「うん！　私も本戦に行ってジンさんの隣に立ちたいもん。頑張るよ！」

俺の隣に立ってか。俺はそんな大層な人間じゃないけどな。

「おい、あいつデトラちゃんに馴れ馴れしくないか？　魔力なしのくせに！」

「一体あいつ、あの子のなんなのさ！」

「そういえばあいつ、会場に来た時、あの子の手を握っていたぞ！」

「なにぃいいぃいいぃいいい!?」

「「「「「絶対に許せん！」」」」」

なんだろう？　殺意とはまた違うけど、突き刺さるような視線を感じる。しかも大量に。

さて、俺もデトラも無事一人目の対戦相手に勝利した。とはいえ予選はまだまだ終わりではない。あと何人かは相手しないといけないからな。

各リングでは今も試合が続いているが、試合時間が長引いているリングもあるため、進行具合はまちまちなようだ。見たところAのリングが一番進みが遅そうな雰囲気がある。

「試合見てました！　凄かった！　驚いた、感動しました！」

デトラと他のリングの試合の様子も見ていたら、あのイガグリ頭の少年にまた声をかけられた。

「ありがとう。なんとか上手く行ったかなってとこだけどね」

「いやいや、僕、あんな凄い魔法は初めて見ましたよ！　本当魔力がゼロなのによくあそこまで、きっと弛まぬ努力の結晶なのですね！　本当に感動しました！」

う、うん。初対面で思ったけど少し暑苦しいタイプかもね。まぁきっと悪い奴ではない。

「でも、一体どうやったらあれだけの魔法が身につくのですか？」

「え？」

その質問の答えはなかなか難しいところだ。何せそもそも魔法じゃない。チャクラを用いた忍法であり、この世界の常識とはかけ離れた理論によって構築されているのである。

「Dの一番と十四番、試合だリングに上がれ！」

「あ！　僕の番です！　では、行ってきますね！」

「あ、あぁ。応援してるよ」

「頑張ってきてくださいね！」

「はい！　ありがとうございます！」

彼はダッシュでリングに駆け上がっていった。質問があやふやになって助かった。

「何か応援したくなる子だね」

「うん？　あぁ、そうだな」

デトラがリングに上がった少年を見ながら言った。第一印象が最悪な連中ばかりだったけど彼の性格はよさそうだし、頑張ってそうなイメージがある。

魔力が少ないのを気にしていたけど、その差を跳ね除けて目にもの見せてほしいところだ。

「押忍！　一番チェストです！　よろしくお願いします！」

イガグリ頭の少年が独特なポーズで挨拶した。そういえば俺、名前聞いてなかったな。チェストか。何故か覚えやすい気がする。

「あいつ、何か暑苦しいやつだな」

「俺も挨拶されたけどうざったいやつだったぜ」

チェストを見ながら一部の心ない選手がそんなことを口にしていた。するとトコトコとマガミが近寄っていく。

「本当見ていても面倒くさそうなタイプだな――ん？」

「「こいつシッコかけやがった！」」

チェストに対して勝手なことを口にしていた連中が悲鳴をあげている中、マガミが満足気に戻ってきた。まったくいけない子だ。

「マガミ、駄目だぞ」

「くぅ～ん」

「はは、言葉と行動が違うよジンさん」

「ウキキィ」

そうかな？　一応は注意したつもりだぞ。頭は撫でたけど。

さて、チェストの相手は、と……うん？　なんだか妙な奴だ。ローブ姿だが、目深(まぶか)にフードを被っていて顔を見せていない。

「十四番だ」

「あなたが僕の相手ですか！」

「……」

フードの人物は何も答えない。

「あーその、流石に顔は見せてくれ。本物かどうかわからないからな」

審判の男が名簿を見ながらフードの男に命じた。確かに顔を隠すのが認められていたら、替え玉がいくらでもできてしまう。

「……やれやれ、まぁ仕方ないか」

何か不承不承といった様子で十四番の選手がフードを捲ってみせた。ふむ、勿体つけていたが、何か変わったところがあるか？

空色の髪を右分けにしていて、刃のように鋭い印象を与えている。目つきも鋭い。全体的に見れば美形の部類か。顔を隠しておく理由があるようには思えないが。

「え？　お、おいまさかあいつ！」

「ゲーニック侯爵家のベントゥスじゃないのか？」

「え、知っているのか？」

「知っているも何も、ゲーニック家は風魔法の名門だぞ！」

「しかもベントゥスはその中でも百年に一人の天才と呼ばれるほどの逸材だって話だ……」

「噂によると魔力も軽く三桁を超えるとか……」

「ま、マジかよ！　Dの選手終わった！　俺も、終わったーーーー！」

しかし、周囲の反応が明らかに変化した。中にはもう人生の終わりのような暗い顔を見せている選手までいる。

「騒々しい、これだから顔は晒したくなかったのだ」

「はは、それも仕方ないでしょう。あなたは本来予選から出るような人じゃない」

「ふん」

ベントゥスが鼻を鳴らした。あの嫌味な審判も顔を見た途端、態度が変わった気がする。

なるほど、顔を隠していたのはそれだけ自分の顔が有名だとわかっているってことか。

「ジンさん、あの子の相手、凄そうだよ！」

デトラが言った。心配そうな目をチェストに向けている。

「一筋縄ではいかない相手なのかもしれないけど。でも、そんな選手がなんで予選に出てるんだ？」

「……ゲーニック家は戦闘の中でこそより魔法の腕が磨き上げられると考える一族。だから予選でも試合が行えるなら出る。そういう連中」

右肩の後ろくらいから誰かの説明が聞こえてきた。

「へぇ……詳しいんだな……ん？」

振り返ると、綺麗な銀髪と紅玉のような瞳をした美少女が立っていた。

「ああ、なんだ。マグか」

「……ん。さっきの試合見てた」

マグが俺を見ながらそう答え、エンコウとマガミの頭を撫でる。

すると、デトラが怪訝そうに聞いてきた。

「え～と、ジンさんの知り合い？」

「え？　あ、いや……」

ヤバい、何故か口ごもってしまった。

「……この子はジンの知り合い？」

「あ、あぁ。友達のデトラだ。え～と、デトラ。この子は……そうだ！　前話しただろ？　ぼったくりにあいそうになった時、彼女も一緒だったんだ」

「へ、へぇ～。それで、どうしてジンさんは彼女と一緒だったの？」

あれ？　俺なんか墓穴掘った？　と、とにかくなんとかごまかさないと。

「……ジンにはナンパされた」

「うぉぉぉおぉおおおい！　何言ってるんだよ！」

首をコテンっと傾げてとんでもないこと言ってきた！　あぁ、マグの肩ではあの蜥蜴がボッボッと火を吐いていて落ち着かない！

「――へぇ、ジンさんってナンパとかするんだ」

うん？　デトラの声のトーンが一段下がった？

デトラの顔を見ると、ニッコリと微笑んでいた。あれ？　でもなんだろう？　この子、こんな黒っぽい笑顔を見せる子だっけ？

「その子、綺麗だもんね」

「いや、ちょっと待て、何か誤解しているようだけど、俺は別にナンパなんて！」

「さ、エンコウちゃんもマガミちゃんも試合に集中しようね。ジンさんはどうぞごゆっくり」

「ガ、ガウ――」

「ウキィ……」

何故かエンコウとマガミがガタガタと震えながら、デトラに従ってリングに目を向けた。なんだこれ、どうしてこうなった！

「マグが余計なことを言うから――」

「……余計なこと？　男から声をかけられるのは全部ナンパだってエロイに教わったんだけど」

あいつ、いつの間にそんな変なことを教えたんだ！　くそ！

「とにかくマグ、ナンパというのはもっと違う意味でな」

「……そんなことより、あいつ大丈夫か？」

「は？」

マグがリングに目を向けながら言った。な、何か相変わらず自由な奴だな。

「そろそろ試合を始めたいんだが、準備はいいか？」

リングでは審判のあいつがそんなことを言っていた。あぁ、試合はまだ始まってなかったか。

するると、試合を心待ちにしていたのか、一人の選手が興奮気味に口にする。

「おお、ゲーニック家の風魔法を見れる日が来るなんてな」

すると、ゲーニックがその選手に向かって指を突き付ける。

「おい、貴様」

「え？　俺？」

「ゲーニック家が扱う属性は【真空】だ。風などという初歩中の初歩の属性と一緒にするな。今度間違ったら刻むぞ」

「ひぃ、わ、悪かったよ」

ギロリと睨まれ、指摘された男が震え上がった。どうやらゲーニックは属性に拘りがあるようだ。

「真空は風と違うのか？」

俺が聞くと、マグは詳しく説明してくれた。

「……魔法の属性は基本として火、水、土、風の四属性がある。その上でこれらをベースに昇華された属性を上位属性と呼ぶ。他にもこの四種にまったく属さない特殊属性なんかもある。真空は風の上位属性でもあり、ゲーニック家の固有属性ともさている」

「固有属性？」

「……個人や家の血統のみに伝わる属性のこと。大体門外不出」

なるほどね。そういえば、日ノ本にも里特有の忍法とかさらにその一部にのみ伝わる忍法とかもあったな。それにしても、マグは魔法に詳しいね。

「さて、試合を始めるぞ」

「押忍！　よろしくお願いします！」

「貴様、魔力はいくつだ？」

「え？」

チェストが気合の入った声を発したが、ゲーニックは冷めた目で唐突にそんなことを尋ねる。

「え？　三十ですが……」

「チッ、三十か。ゴミめ」

見下した目を向けてくるその言動に、チェストがムッとした。

「たとえ三十でもそう簡単にやられません！」

だが、その言葉に対して俺の横にいたマグがボソッと呟いた。

「……いや、無理。可能ならさっさと棄権した方がいい」

「え？」

気になったが、試合に集中することにする。

「行きます！　燃えろ情熱！　芽吹け勇気！」

「引き裂け真空ヴォートヴェント」

「な――」

思わず声が漏れた。これは、確かにマグの言う通りだったようだ。

「……は？　え？　どうしたんだ？」

「あっちのチェストっての、急に動きを止めたぞ」

「――フン」

チェストから背を向け、リングを下りるゲーニック。それを、怪訝な顔をして審判が呼び止めた。

「あ、おい、ゲーニック選手どこに行く。まだ試合は終わってないぞ？」

「馬鹿かお前は。とっくに決まっている」

「何？」

俺は咄嗟に叫ぶ。

「そいつの言う通りだ。さっさと救護班を動かせ！」

次の瞬間――チェストの四肢と首、そして胸部がスパッと鋭利な刃物で切られたように裂かれ、大量の血しぶきを上げながら後ろに倒れ込んでいった。

「な！　お、おい早く救護班を。てか、おい！　殺すのは流石にルール違反だぞ！」

ようやく審判が慌てだした。だから言っただろうに。

「馬鹿を言え。殺してはいない。ゴミ掃除をしただけだ」

ゲーニックはそんな言葉を言い残し立ち去ろうとする。確かに、死んではいないだろう。救護班も傷は深いが命は大丈夫だと言っている。しかし――

「……やっぱりこうなった。力の差は歴然、ん？」

マグの声を背中で聞きながら、俺は足早に奴に近づいていった。

「おい、ちょっと待てよ」

「ん？　なんだお前は？」

呼びかけると、ゲーニックがこちらを振り返った。随分と冷めた目をしている。

「お前と同じリングで戦っているジンだ」

「ジン？　例の魔力なしのクズか。さっきのゴミといい、近づいてくる虫けらにはうんざりだ」

「それは奇遇だな。俺もお前みたいな貴族にはうんざりしている」

こいつは侯爵だっけ。兄貴といいカッポルといい、貴族にまともなのはいないのかと不安になる。

「お前、身のほどをわきまえろクズ虫が。貴様のようなゴミに話しかけられただけで家の名が汚れる。さっさと消えろ。そしてくたばれ」

人を人とも思っていないような態度だ。そんなに魔力が高い奴らが偉いのかね。

「あそこまでやる必要があったのかよ」

「何？」

俺を無視して立ち去ろうとするゲーニックに強めの言葉をぶつけた。

それに反応し、ゲーニックが再度俺を振り返る。

「フン、意味のわからないことを。俺はルールに則って試合をしただけだ」

「あの傷は下手したら後遺症が残るぞ」

「当然だ。そのつもりでやった。あんなゴミが今後二度と魔法士を目指したりしないようにな。魔力三十程度で大会に出ようなど、それだけで罪みたいなものだ。ルールがあったから殺さないでおいてやった。それだけでも感謝してもらいたいくらいだ」

まったく温度の通ってない目で、さも当然のように言い捨ててきた。俺の目に自然と力がこもる。

「……しかし、エイガ家というのは随分と甘ちゃん揃いになったものだな。もっとも魔力がゼロというゴミだからこそ、そんな腑抜けた考えしかもてないのだろうが」

「腑抜けだと？」

「そうだ。この世界は魔法こそが全てだ。魔力が低く、魔法もろくに使えないような害虫にかけてやる情けなどありはしない。そんなもの、エイガ家の人間ならば当然知っていると思ったがな。所詮は借り物の力に縋っているだけの人間ということか」

「借り物ね」

蔑むような目で俺を見てくるゲーニック。どうやら、こいつも俺の力に疑念を抱いている一人なようだ。

「そうだ。従魔契約を結んでいるから魔法が使えるということだったが、魔力なしの無能にそれはありえない。ならば考えられることは一つだ。エイガ家は魔法の名門。使役している魔獣も何匹かいることだろう。従魔は主人に忠実だ。主人が命じさえすれば、相手がたとえ魔力なしのゴミでも協力してくれる。たとえば貴様の詠唱に合わせて魔法を使ったように力を行使するとかな」

ゲーニックの話に、周囲がざわめき出す。こいつら揃いも揃って、根も葉もないことを。

「ふ、ふざけんな！　だったらそいつ、実際は魔法が使えないのに魔獣とやらの力を借りて魔法が使えるように見せていただけってことかよ！」

「道理であんな凄いウィンドカッターが使えると思ったぜ」

「とんだ卑怯者もいたものね。そんなのが同じ魔法士を目指しているなんて恥ずかしくなるわ」

「あいつ、最初から胡散臭いと思っていたのよ。あのデトラって子もそんなのと関わっているんだからきっとろくなもんじゃないわ」

「男に媚を売って、愛想振りまいて……性格はきっとクソブスね」

な、なんか俺の批判にかこつけてデトラを批判している女までいるぞ。なんだこれ？　デトラまったく関係ないのに。やっぱ女はこえぇな……

「いや、そこでデトラのことは関係ないんだし巻き込まないでもらいたいんだが」

とにかくデトラに飛び火しては申し訳ないからフォローを入れようとしたが……

「な、何よ！　話しかけないでよゴミ！」

「ジンさんはゴミなんかじゃありません！」

「何よ性格ブス！　出てくんな！」

「私のことは何を言ってくれてもいいけどジンさんのことは悪く言わないで！」

いつの間にかデトラがヒステリックになっている女たちに食いついていた。女性同士随分とヒートアップしているようでもある。何かこう、近づいたらいけないオーラを感じるほどだ。

「……何か面白いことになってきた」

デトラの様子を見ていたマグが言った。

「お前、何楽しんでるんだよ」

表情の変化が少ない子だけど、雰囲気で面白がっているのがわかった。

「おい！　どういうことだ貴様！　もし今のが本当なら、エイガ家の子といえど看過できないぞ！」

さて、審判が俺に向かって文句をつけてきた。ゲーニックの話を一方的に信じているようだな。

周囲の連中もそうだが、まったくそこまで俺を悪者にしたいのか。

とはいえ、疑いの方向性が間違っているだけで俺が魔法を使っていないというのは事実でもあるんだけどね。それを言ったらマガミの力を借りているという話も嘘ではあるんだけど。

まぁかといって、魔法なんて使えませんとか言う気もないけど。

「それはそこの男の勝手な言い分でしかない。俺が従魔契約を結んで魔法が使えるようになったのは事実だよ」

「だが、貴様は魔力ゼロだろう？　それで信じろという方が無理がある！」

審判もしつこいな。

「……そんなのすぐにわかる。ジン。本当に従魔契約しているなら、紋章があるはず」

すると、マグが口を挟んできた。

「そ、そうだ！　紋章だ！　それがなければ！」

「あぁ、これのことか？」

俺は服を捲ってお腹の紋章を見せた。まぁ俺が忍法で浮かび上がらせているだけなのだけど。

「な、紋章が……」

「……うん、確かに従魔契約を結んだ証。でも、ジンは意外といい腹筋してる」

ま、まじまじと人のお腹見ながら何を言い出すんだマグは。

「おい、紋章があるってよ」

「だったら、やっぱり従魔契約を結べたのか？」

また、周りの意見が変わってきている。こいつら、コロコロ場の状況に左右されてばっかりだな。もっと自分を持てよ。

「ふん、くだらん」

「何？」

そんな中、ゲーニックだけは俺の紋章を見て鼻で笑い飛ばす。

「そんなもの、やろうと思えばいくらでも偽造できる」

あ、はい。そうですね。

「それにこんな話もある。魔獣使いを騙り、小さな村を脅して回っていた冒険者がいたとな」

と、とんでもない奴がいたもんだな……冒険者って意外と悪い奴が多いよな。今近くに立っているマグだって、冒険者に狙われていたし。

「そうか、その可能性があったか！　やはり騙したな！」

また審判がわめき出した。うざったいことこの上ない。

「やれやれ、審判もあんたもどうしても信用してくれないが、ならどうするつもりなんだ？　紋章まで見せたのに信用できないと言われてもな」

「別にどうもしないさ。俺は魔力もないのに従魔契約を結べるわけがないと言っているだけだ。お前がそれでも試合を続けるというなら好きにするがいい。どうせ結果は変わらん」

「結果は変わらない、か。一体どういう意味でだ？」

「この俺が予選を勝ち抜くという結果だ。お前がいくら魔獣頼みの戦いをしたところで真の強者の前では無意味だ。俺に当たった時点で塵のように消えてなくなる、その程度の存在だからな」

「随分な自信だな。ところでお前、さっきあれだけのことを言ったんだから、自分もやられる立場になった時はいくら怪我してても仕方ないくらいの覚悟はできているんだろうな？」

「覚悟？　一体なんの覚悟だ。俺にあるのはただ、勝利という結果のみ。そもそも貴様などこの俺の眼中にない。もういい加減貴様のようなゴミと話すのもうんざりだ。とっととくたばれ」

それだけ言い残してゲーニックは向こうへと去っていった。

「グルルルルウルウウウゥウウウウ！」

「ウキィイイィイイムキィイイィイイ！」

「何か、凄く失礼な人ですね！」

そして俺の隣に戻ってきていたマガミやエンコウとデトラが憤る。

「……だけど、実力があるのは確か。あの魔法もなかなかのものだった。だけど、私の方が強い」

マグが胸を張りながら得意がった。そういえばこいつ、妙に自信家なところがあるんだよな。

「Aの七番と九番、リングに上ってきてください」

「……やっと呼ばれた」

「試合か。そういえば当然マグも選手なんだよな」

「……当たり前。興味あったら試合を見てもいい」

そしてマグがAのリングに向かう。ふむ、確かに興味はあるが……

俺はチラッとデトラを見た。なんかちょっと彼女の件で不機嫌だったからな……

「私も見てみたいです！」

デトラは食い気味にそう言った。

「興味あるんだ」

「同じ女の子で、あそこまで自信があるのって凄いし、見てみたいなって」

なるほど。同性だからこそ気になるというのもあるのか。

「なら、ちょっと見てみようか」

「はい」

「ガウ！」

俺たちの試合も終わったし、まだ次を呼ばれるのには余裕があるだろう。

でAのリングまで近づいてみると、あの穏やかな受付係が審判を任されていた。

リングにはマグの姿と、対戦相手の少年の姿。

「ふん、顔は美人だな。魔法士なんて目指さず男に尻でも振ってた方がお似合いじゃないのか？」

対戦相手がそんなゲスいことを口にし、仲間なのかどうか知らないが周りがいいぞいいぞと口笛を鳴らし、やんややんやと囃し立てた。

「な、なんなのかなあれ？」

「う、う～ん……」

ローブには家柄を表す紋章が刻まれているし、あれも多分貴族なんだろうけど……あんなチンピラみたいのが貴族って今後が色々不安になるぞ。

「君、余計なことは言わない。あまり目に余るようなら失格にするよ」

「おっと、これは参った。お前、もう審判に色目を使ったのかよ？」

「卑怯だぞこら！」

「魔法大会なら魔法で勝負しろ！」

し、しかしなんだコイツら？　よくここまで言えるもんだな。

「君たちいい加減に――――！」

「……面倒」

「え？」

審判がいい加減切れそうな様子だったが、そこで突如マグがそんなことを口にする。

「……雑魚とダラダラ試合しても仕方ない。お前ら、まとめてかかってこい。全員私が倒してやる」

「は？　お、俺たちが雑魚だと！」

「……そう。口だけの雑魚」

「ちょ、ちょっと君、困るよ」

突如そんな大胆なことを口にするマグに審判もタジタジだ。そりゃそうだろうな。

「……何故？」

「いや何故ってルールが」

「……このリングは人数的に最後は三人残る。そしたらバトルロイヤルで試合するルール。なら今やっても一緒」

「えぇ……」

審判が頭を抱えた。気持ちはわかるぞ。

「俺たちは問題ないぜ。どうせ最後に一人残ったのが本戦に行けるルールなんだ」

「そうだやってやんぞこのアマぁああ！」

すると、ぞろぞろとリングに選手が上がってきた。マグの言動に随分と腹を立てているようだ。

「……それでいい。この方が早い」

マグはマグでやる気満々だ。好戦的な子だな。

「じ、ジンさん、大丈夫なんですか？」

「う～ん、ま、大丈夫かな？」

「ガウガウガウ」

「ウキキィ」

おそらくあいつら全員真っ先にマグを狙うだろうけど、ちょっと手合い違いだろう。

「ええい、もう！　試合開始！」

そして審判がヤケクソ気味に叫んだ。

「「「「「いくぞおらぁあぁあぁああ」」」」」

「我の手に集いし風は邪悪なるもの（イヴドゥアグウィアラスラブドウリィス）を滅す——天風の輪舞（ロンド）」

「「「「「へ？　う、ウワァアアァアァアァアァアアア！」」」」」

うん、そして勝負は一瞬で決まった。マグが魔法を行使すると杖の先端に風が集まり、直後渦を巻いた風に巻き込まれ、他の選手が全員場外まで吹っ飛んでいった。

しかし、変わった詠唱だ。普通の詠唱に微妙に違う言葉が混じっている。そして今出ているのは蜥蜴ではなく別の精霊だった。

「まさか一気に全員倒してしまうなんてな」

「……ブイ」

マグは両手の指でピースを作ってリングから下りてきた。

「凄かったねあの魔法！　え〜とマグノリア、さん？」

「……マグでいい。ジンにもそれでいいと言った」

「は、はい！　よろしくねマグちゃん。え～と私はデトラです！」

「……うん、有名だから知ってはいた」

「え！　私が有名？」

「……男たちが噂してた」

マグがそう答えると、途端にデトラの頬が朱色に染まった。

「そんな私なんて、絶対マグちゃんの方が綺麗だよ！」

「……ありがとう。でも、さっきの連中みたいのが多いから噂になるのは御免こうむる」

「さっきのって、試合した相手か？　最初から随分失礼な物言いだったけど何かあったとか？」

「……会場に入ったらいきなり声をかけてきて奴隷になれとか言いだした。魔法士なんて勿体ないとか俺たちがかわいがってやるとかうざったい奴らだった」

「そんなこと言う人がいるんだね……」

「……いる。あんまりしつこいから股間を蹴り上げてやったけど」

随分と気が強いことだ。ま、悪いのはどう考えてもあいつらだな。

「……大体あいつら仲間内でとろとろ試合していたからうんざりだった。これですっきり」

「仲間内？」

「……さっき私が相手したやつらはグループを組んでいた」

あぁ、そういうことか。あの中に貴族は一人だけで残りはその知り合い——おそらく取り巻き連中だろうが――それで徒党を組んでいたわけか。だけど、それが全員Aに集中するのもおかしな話、いや、係員の一人を買収でもしておけばそれも可能か。しかしまぁセコい奴らだな。

「なんかがっかりだね……でも、すっきりしたよ。マグちゃんは風魔法が得意なんだね！」

「……ありがとう。でも、別に風魔法が特別得意ってわけじゃない。他にも使えるけど、さっき風魔法使ってるの見たから」

そう言ってマグが俺に視線を向けてきた。え？　それってもしかして俺のことか？

「……見たか」

マグが胸をそらしてえっへんと得意がる。あ、やっぱりそうなのか。つまり俺に対抗して風属性で勝負をつけたわけね。負けん気の強い子なことで。

「ということはマグちゃんはジンさんの実力を信じてくれているの？」

「……私は自分の目で見たものだけを信じる。さっきの試合でジンが見せたのはまがい物ではない。魔力があろうとなかろうとそれだけが真実」

「ガウガウ！」

マグが答えるとマガミが元気に駆け回った。俺が認められたと判断して嬉しがっているらしい。そしてマグの前でピタリと止まって、ハッハッハッハ、と前脚を上げながら彼女を見上げた。

「……可愛い」

「うん！　マガミちゃんはとってもお利口さんで可愛いんだ！」

デトラが興奮気味に言った。うむ、それは俺も同意見だ。

マグがマガミの頭を撫でると、尻尾をブンブンと振って気持ちよさげに目を細める。

「ウキキィ」

「……ん、君も可愛い」

「キキィ」

肩の上で自分をアピールするエンコウにマグの手が伸びた。

「……ん！」

「勿論エンコウちゃんも可愛いよね！」

うん、デトラとマグの距離が近づいた気がするな。マガミやエンコウのもふもふのおかげか。

「でも、これでマグがひと足早く本戦出場か」

「うん、でもあぁいうのもありなんだね」

すると、Ａのリングから審判が降りてきて念を押してきた。

「冗談じゃない。あんなのは今回だけだよ。まったく、つい黙認したけど他のリングでは駄目だからね絶対」

やはりあれは例外だったたか。

「ただ、今のリングはその子の言う通りちょっと目に余るものがあったからね。こっちも証拠がないのに指摘もできないから……まぁ、実はちょっと胸がすっとしたけど――」

最後の方は控えめな声で言っていたが、彼もいい気分はしてなかったようだ。そういえば審判に対しても無礼な物言いだったなあいつら。

「とにかく、残りの試合はしっかりルール通りに頼んだよ」

ダメ押しとばかりにそう口にして、審判は別の仕事に向かった。ちなみにマグにやられた連中は全員もれなく会場の外に運ばれていった。

「あはは、そもそもあのやり方を真似しようって人はそういないよね」

デトラが苦笑する。まぁ、可能なら俺がやりたかったかも。

そしてその後は滞りなく試合が進んでいった。デトラは二人目の相手も難なく倒してみせたし、俺も小馬鹿にしてきた相手をさっくり倒してやった。そして――

「引き裂け真空ヴォートヴェント」

「ギャァアアァアアァア！」

ゲーニックは相変わらず容赦がない、と思ったが今度はチェストよりは傷は浅いようだった。

「ふん、魔力が多少でもあったことに感謝するんだな」

あいつはまた試合前に魔力を聞いていた。おそらくそれでどの程度やるかを決めているんだろう。自分の基準を満たす相手ならあそこまでやらないってことかよ。

「本当、なんであんなのが予選に出るんだよ。冗談じゃないぜ」

「しかもあいつ詠唱省略まで使っているしな」

すると試合を見ていた連中がそんなことを口にしていた。

「詠唱省略？」

「……詠唱を短くして魔法を発動する技術。ただ短くすればいいわけじゃないから難易度は高い」

誰にともなく俺が呟くと、マグが教えてくれた。

詠唱省略か、なるほどね。そんな術もあったとは。これはいいことを聞いたかもしれないな。

そして予選は一旦昼休憩に入った。午後からは残りの試合を進めることになる。もっともAのリングではマグがあっさり勝ち残ったから予選終了は予定より早まりそうだけど。

昼食はマグとも一緒に摂り、それから午後の試合が始まる。

そして、数時間が経過し——

「やった！　私も勝てたよ！」

「おめでとうデトラ。ま、信じてはいたけどね」

「……デトラの魔法も、なかなか興味深い。植物を操る魔法の使い手はあまり見ないし」

「ガウガウ！」

「ウキィ！」

えへへとデトラが頬を掻いた。午後の試合でも彼女は見事勝利を収め、本戦出場を果たしたのだ。

「あとはジンさんだね！」

「あぁ、そうだな」

俺も勿論、試合には勝ち残っている。あのゲーニックもだ。そろそろあいつとの決戦も近い。

そして、いよいよその時がきた。

「次が予選最後の試合だ。Dは三人でのバトルロイヤルとなる。ジン、ザーコ、ゲーニックの三人はリングに上がれ」

審判の声が耳に届く。しかし、やはり最後も審判はあの嫌味な奴かよ。

ふぅ、まぁいいか。とにかく俺はリングに上った。ゲーニックもほぼ同時に上がり、最後にもう一人ザーコという少年が上がる。

「三人揃ったな。最後はこの中で一人だけ残ったのが勝ちだ。ま、結果は見えているだろうがな」

「審判は選手に対して平等に。余計な発言は控えなさい」

「へいへい」

今回は他のリングで審判をしていた係員も見ている。Aリングの審判だった係員が注意してくれた。しかし、Dリングの審判は言葉はなくても俺を見ながらニヤニヤしていて明らかに俺が負けるのを期待している。

「ゲーニックさん、ここは共闘と行きませんか？」

「何？」

すると、ザーコという選手がゲーニックにそんなことを持ちかけた。

「俺も無能なくせに魔獣に頼るアイツが気に入らないんですよ、あいつさえ倒せば俺はすぐリングを下りるんで。そ、その代わり俺の名前を覚えてもらえると……」

「ふん、勝手にしろ」

おいおい、つまり試合を諦めてゲーニックに協力して取り入ろうってことか。

「ちょっと審判、あんなこと言わせてていいんですか！」

「ルール上問題はない」

デトラが抗議するが審判は止めるつもりはないようだ。ま、別に俺は気にしちゃいないけど。マグは黙って試合の行方を見守っている。

「二対一とは、これでさらに苦しくなったな」

小さな声で審判がそんなことを言ってきた。随分と嬉しそうだな。

「さて、試合開始だ！」

「ゲーニックさん。まず俺があの塵の動きを止めますので！」

「邪魔だ！　真空の一撃ヴォートフォルテ」

「へ？　なんで、ぐぶぇえぇえぇえ！」

おいおいゲーニックの奴、共闘を申し込んだザーコをあっさりふっ飛ばして倒してしまったぞ。

「一緒に戦うんじゃなかったのか？」

「俺は勝手にしろと言っただけだ。あんな雑魚の助けなどなくても貴様程度の塵は倒せる」

これまた偉い自信で。

「三秒だ」

ゲーニックが指を三本立て宣言してくる。

「お前ごとき、三秒あれば十分だ。詠唱省略が使える俺ならそれで決着がつく」

「へ、へぇ、自信があるんだな」

「ふん、光栄に思うがいい。あの女の見ている前で絶対的な差を見せつけるために俺の最大の魔法を見せてやる。何、ルールがあるから殺しはしないが両手脚がちぎれる覚悟はしておくんだな」

おいおい本気かよ。う～ん、そうなると俺も多少は力を出しておいた方がいいか。これまでもこいつまったく力を出してなかったようだし。

よし、それなら早速試すか。ゲーニックのおかげでいいことを思いついたしな。

「唸れ千の真空！　ミッレウォード」

「ギガンティッシュストーム（忍法・豪破旋風）」

「ぐぶぉおお！」

俺はゲーニックのお株を奪うように詠唱省略に見せかけて高速で印を結び魔法という名の忍法を行使した。ゲーニックの足元から巨大な竜巻が発生し奴を完全に呑み込む。

だが、奴はかなりの手練（てだれ）らしいからな。真空魔法とやらで抜け出してしまう可能性もある。こっちも牽制のつもりだし、この程度じゃ勝負なんてつかない――

「アペペペペペペペペ、ビョビョビョビョビョビョビョビョベベベベベブギビギアヒェヒエキギイイィイイヒイイイイィイイイッ！」

って、あれ？　なんかあいつもの凄い悲鳴を上げてないか？　あと、何かついでに審判もふっ飛ばされたような。

そしてゲーニックが天井高くまで舞い上がった。というより天井にぶつかってゴマでも擦ってるようにゴリゴリ回転しながら天井を削っていた。

それでも俺は身構えていた。ゲーニックは真空使いだ。侯爵家で天才と称されるような奴らしいし、この程度はいつでも抜け出せるかもしれない。

使用したのも八印程度の忍法だ。四印の鎌鼬や烈風弾（れっぷうだん）よりは強力だが、向こうでは中忍が使う程度の代物。まぁ俺のは下手な中忍が扱うのとはわけが違うくらい威力が高いと向こうでも言われていたけど、所詮は風の忍法だしな。

そんなわけで牽制で竜巻を発生させしばらく眺めていたが、ゲーニックはまったく抜け出す様子がなく悲鳴だけが上がり続けていた。

う〜ん……あれ？　もしかしてあいつ、抜け出せないのか？　い、いやいやまさか。だってあれだけ偉そうなことを言っていて、しかも三秒で俺を倒すと言っていた奴がこんな程度でまさか。

「……ジン、そろそろやめないと死ぬぞ」

「本当かよ！」

マグが教えてくれた。いや、杖もローブも切り刻まれてるし、もしやとは思ったけどさ。

仕方ないので竜巻を止めた。放っておいたらまだまだ回転を続けるからな。

回転が止まったことでゲーニックが真横へぶっ飛んでいき、壁に激突するもさらにそのまま回転を続け、すり鉢状に壁が削れたあとで頭から地面に落っこちた。ローブがボロボロになったことで尻が丸出しになっていて、髪の毛もバッサリ刈られて坊主になってしまっている。

「お、おい！　皮膚がズタズタだぞ！　一体何がどうなったらこんな酷いことになるんだ！」

「し、尻も割れてやがる！」

「馬鹿、それは元々だ！　あぁでも、これも酷いな。こりゃ一生痔で苦しむことになるぞ」

「侯爵家期待の星がここまで無様な目に遭うとは……」

ゲーニックに駆け寄った救護班からそんな声が聞こえてきた。う～ん、自分でやっておいてなんだが、いくら相手が無礼な奴だったとはいえ少し気の毒に思えてきた。

いや、本当そこまでする気はなかったんだけどな。

「……審判が吹っ飛んだけど、これ、ジンの勝ちでしょ？」

そんな中、マグが呆けていた他の審判たちに結果を聞いた。見ると観戦していた他の選手たちもすっかり沈黙している。

「あ、そ、そうだね！　これはジンさんの勝ちだよ！」

マグが声を発したことで、デトラもハッとした顔で俺の勝利を宣言してくれた。

「そ、そうだね。正直驚きだけど、これはジン選手の勝利です！　本戦出場決定！」

「……ん」

マグが満足気に頷いて右手を突き出しピースを作った。俺もそれに倣って指で勝利を示す。

「う、うぉおおぉおおおマジかあいつーーーー！」

「ゲーニックにあの魔力なしが勝っちまったぞ！」

「おいおいどうなってんだよこれはよぉ！」

「大番狂わせもいいところじゃねぇか。大体あいつあの魔法なんだよ！」

「しかも、さっきのあれ、詠唱破棄じゃねぇか！　なんであんな真似できんだよ！」

しばらく経って周囲のざわめきがどよめきとなった。俺を指差し色々と語っている。しかし声がデカい。ただ少し気になることがあったんだが……

「詠唱破棄？」

そう、周りの連中がそんなことを言っていたので、つい俺も首を傾げてしまう。

「……何を不思議がってる？　ジンがやったこと」

「いや、俺がやったのは詠唱省略だろ？」

ゲーニックを見て真似てみようと試したやり方だ。実際は高速で印を結んだだけなんだが。

「……詠唱省略は詠唱を省略して短くするやり方。詠唱破棄は詠唱そのものを破棄するやり方。ジンはさっきまったく詠唱していない。だからあれは詠唱破棄……もしかして知らずに使ってた？」

「あ、あぁ。詠唱省略のつもりだった」

「……呆れた。でも、それはそれで凄い」

マグはため息をつくも、すぐに感心したような顔を見せてくれた。

「ちょっと待て！　その馬鹿は反則負けだ反則！」

何はともあれゲーニックに無事勝利できた俺だったが、そこへ思わぬ横やりが入った。文句を言っているのは俺がふっ飛ばしてしまったあの審判だった。

「彼が反則というのはどういうことかね？」

「あいつはゲーニックと一緒に俺までふっ飛ばした！　審判に攻撃するなんてありえん！」

凄く怒っている。ふっ飛ばされたとはいえ直撃じゃないから立ち直りは早かったか。

ズカズカとこっちに近づいてくる審判の破れた服の隙間から、一枚の紙がチラリと飛び出した。

「ウッキィ！」

「は？　ちょ、待て。お前、何を！」

「うん、なんだねこれは？」

するとエンコウが係員から紙を奪い持ってきた。

俺はその紙を広げて見てみる。

「なんだこれ？」

「……選手の名前と金額みたいのが書いてる」

「⁉　ちょっと見せてくれるかな！」

すると、Aのリングの審判をしていた係員がエンコウが奪った紙に目を通した。

慌ててDのリングの審判が止めようとする。

「ま、待て。それは大事な！」

「大事なねぇ。ふむ、これに書かれている名前。Aのリングの選手たちだよね。しかも明らかに仲間うちで結託していた連中の名前だ。紙には報酬の記載もある。これは一体どういうことかな？」

「あ、いや、その……」

指摘され、嫌味な係員がたじろいだ。あぁ、つまりこれはあれだ、不正の証拠ってわけだ。

「どうやら君とは上もまじえて一度じっくりお話した方がよさそうだね」

「う、うわぁあああぁあああ！」

結局、俺に文句を言っていた係員は会場から強制退去となった。どうやらA側の選手から袖の下を受け取っていたみたいだな。

ま、あいつにとって不運だったのはそこにマグがいたことか。午後になってからもやたら俺に絡んできたのは予定が狂った八つ当たりだったのかもな。まぁどちらにしてもあいつはもうこの仕事を続けられないだろうが。

ふぅ、何はともあれこれで無事、本戦に残ることができた。マグやデトラも一緒にな。あとは本戦で兄貴よりいい結果を残せれば姫様を助けられる。待っててくれよ、姫様――

異世界に転移したからモンスターと気ままに暮らします

Isekai ni tenni shitakara monster to kimama ni kurashimasu

ねこねこ大好き
NEKO NEKO DAISUKI

Webで話題!
「第12回ファンタジー小説大賞」
奨励賞!!

魔物と仲良くなれば
「ざまぁ」だって楽勝!

学校でいじめられていた高校生レイヤは、クラスメイトと一緒に異世界に召喚される。そこで手に入れたのは「魔物と会話できる」スキルのみ。しかし戦闘で役に立たないため、無能力者として追放されてしまう……! 一人ぼっちとなったレイヤは、スキルを使ってスライムと交流し、アイテム収集でお金を稼ぐことにした。やがて驚くべきことに、人化したスライムの集合体が予想外の力を見せつけ、再びレイヤに手を出そうと企んだクラスメイトの撃退に成功する。可愛い狼モンスターの親子も仲間に迎え入れ、充実の異世界ライフが始まった——!

◉定価:本体1200円+税 ◉ISBN 978-4-434-27439-8

◉Illustration:ひげ猫

スキル『日常動作』は最強です

Skill "nichijoudousa" ha saikyo desu

著 メイ
Mei

ゴミスキルとバカにされましたが、実は超万能でした

何でもない日常の動きがスキルになる!?

超ユニークスキルで行く、成り上がり冒険ファンタジー！

12歳の時に行われる適性検査で、普通以下のステータスであることが判明し、役立たずとして村を追い出されたレクス。彼が唯一持っていたのは、日常のどんな動きでもスキルになるという謎の能力『日常動作』だった。ひとまず王都の魔法学園を目指すレクスだったが、資金不足のため冒険者になることを余儀なくされる。しかし冒険者ギルドを訪れた際に、なぜか彼を目の敵にする人物と遭遇。襲いくる相手に対し、レクスは『日常動作』を駆使して立ち向かうのだった。役立たずと言われた少年の成り上がり冒険ファンタジー、堂々開幕！

◉定価：本体1200円＋税　◉ISBN 978-4-434-27885-3　◉Illustration：かれい

雪華慧太
Yukihana Keita

二千年前の伝説の英雄、小国の第六王子に転生！

追放されて冒険者になったけど

この時代でも最強です

かつての英雄仲間を探す、元英雄の冒険譚！

小国バルファレストの第六王子レオンは、父である王の死をきっかけに、王位を継いだ兄によって追放され、さらに殺されかける。しかし実は彼は、二千年前に四英雄と呼ばれたうちの一人、獅子王ジークの記憶を持っていた。その英雄にふさわしい圧倒的な力で兄達を退け、無事に王城を脱出する。四英雄の仲間達も自分と同じようにこの時代に転生しているのではないかと考えたレオンは、大国アルファリシアに移り、冒険者として活動を始めるのだった——

◉定価：本体1200円+税　◉ISBN 978-4-434-27775-7
◉illustration：紺藤ココン

四十路のおっさん、神様からチート能力を9個もらう

霧兎

KIRITO

9個のチート能力で、異世界の美味い物を食べまくる!?

オークも、巨大イカも、ドラゴンも意外と美味い!?

おっさん(42歳)魔物グルメを極める!

気ままなおっさんの異世界ぶらりファンタジー、開幕!

神様のミスで、異世界に転生することになった四十路のおっさん、憲人。お詫びにチートスキル9個を与えられ、聖獣フェンリルと大精霊までお供につけてもらった彼は、この世界でしか味わえない魔物グルメを楽しむという、ささやかな希望を抱く。しかし、そのチートすぎるスキルが災いし、彼を利用しようとする者達によって、穏やかな生活が乱されてしまう!?　四十路のおっさんが、魔物グルメを求めて異世界を駆け巡る!

◆定価：本体1200円+税　◆ISBN：978-4-434-27773-3　◆Illustration：蓮禾

この作品に対する皆様のご意見・ご感想をお待ちしております。
おハガキ・お手紙は以下の宛先にお送りください。

【宛先】
〒150-6008 東京都渋谷区恵比寿 4-20-3 恵比寿ｶﾞｰﾃﾞﾝﾌﾟﾚｲｽﾀﾜｰ 8F
（株）アルファポリス　書籍感想係

メールフォームでのご意見・ご感想は右のＱＲコードから、
あるいは以下のワードで検索をかけてください。

アルファポリス　書籍の感想

ご感想はこちらから

本書は Web サイト「アルファポリス」（https://www.alphapolis.co.jp/）に投稿されたものを、改題・改稿、加筆のうえ、書籍化したものです。

辺境貴族の転生忍者は今日もひっそり暮らします。2

空地 大乃

2020年 9月30日初版発行

編集－藤井秀樹・宮本剛・篠木歩
編集長－太田鉄平
発行者－梶本雄介
発行所－株式会社アルファポリス
〒150-6008 東京都渋谷区恵比寿4-20-3 恵比寿ｶﾞｰﾃﾞﾝﾌﾟﾚｲｽﾀﾜｰ8F
TEL 03-6277-1601（営業）　03-6277-1602（編集）
URL https://www.alphapolis.co.jp/
発売元－株式会社星雲社（共同出版社・流通責任出版社）
〒112-0005 東京都文京区水道1-3-30
TEL 03-3868-3275
装丁・本文イラスト－リッター
装丁デザイン－AFTERGLOW
印刷－図書印刷株式会社

価格はカバーに表示されてあります。
落丁乱丁の場合はアルファポリスまでご連絡ください。
送料は小社負担でお取り替えします。

ISBN978-4-434-27890-7 C0093